KB053818

눈

물

들

파스칼 키냐르

송의경 옮김

눈 물 들

S

E

L

S

E

M

R

A

L

문학과지성사

눈물들

제1판 제1쇄 2019년 3월 8일
제1판 제2쇄 2023년 4월 13일

지은이   파스칼 키냐르
옮긴이   송의경
펴낸이   이광호
주간   이근혜
편집   김은주
펴낸곳   ㈜문학과지성사
등록번호   제1993-000098호
주소   04034 서울 마포구 잔다리로7길 18(서교동 377-20)
전화   02) 338-7224
팩스   02) 323-4180(편집) / 02) 338-7221(영업)
전자우편   moonji@moonji.com
홈페이지   www.moonji.com

ISBN 978-89-320-3524-6 03860

이 도서의 국립중앙도서관 출판예정도서목록(CIP)은 서지정보유통지원시스템 홈페이지
(http://seoji.nl.go.kr)와 국가자료공동목록시스템(http://www.nl.go.kr/kolisnet)에서
이용하실 수 있습니다. (CIP제어번호: CIP2019006758)

차례

I (하이델베에르만에 대한 책)

1. 말〔馬〕들에 대한 이야기   11
2. 아귀스에게 일어났던 이야기   13
3. 합주 상자   16
4. 니타르의 출생   17
5. 니타르의 수태   19
6. 사랑에 빠진 아르트니   22
7. 수도사 루키우스   24
8. 앙길베르가 복원한 수도원   26
9. 큰 홀에서의 목욕 장면   30
10. 아브드 알 라흐만 엘 가피키의 패배   31
11. 베르뇌유쉬르아브르 공의회   34
12. '곰의 날'로 불리는 것   37
13. 솜 강의 기원   39
14. 얼굴   42

II (알 수 없는 마음에 관한 책)

1. 비밀의 방   44
2. '에드비'란 이름의 사냥개   45
3. 오드의 시녀   46
4. 밤색 말〔馬〕들의 주인   52
5. 벽에 남은 종치기 위그의 그림자 얼룩   53
6. 생리키에 그림자의 기원   57
7. 망통 만(灣)에 나타난 성녀 베로니카   60

8. 루비에의 도로   62

9. 테오트라드는 말없이 돌아서서 베르트와 해군
제독을 바라본다   63

10. 우리의 기적 같은 삶에 대하여   63

11. 남자들과 여자들의 행복감에 대하여   64

12. Macra(여윈 여인)   66

13. 아우구스티누스 성인의 사랑에 대한 강론   67

III (Wo Europa anfängt? 유럽은 어디에서
시작되는가?)

1. 피레네의 고개들   70

2. 출생의 여신들   72

3. 아르트니의 사랑들   73

4. 벨레로폰 왕자에 대하여   77

5. 티그리스 강 위의 램프   78

6. 여자용 수레의 왼쪽 바퀴 아래   80

7. 세이렌의 노래   83

8. 사랑의 뺨, 귀 그리고 비단들에 대하여   84

9. 물고기를 낚아채는 새   86

10. 림노스 섬의 암말에게 고하는 작별   89

11. 세네카의 원   91

12. 야생의 폭포 소리   98

13. 수도사 루키우스와 초상   101

14. 글렌덜록의 알릴라   105

15. 유럽은 어디서 시작되는가?   107

16. 루키우스의 고통   108

IV (앙길베르의 시집)

1. 다고베르트 군주의 개 세 마리　　　110
2. 붉은 천　　　113
3. 생리키에 수도원의 기원　　　114
4. 망토를 거는 성 플로렌티우스　　　117
5. 눈 덮인 에피네 빌라　　　118
6. 로트뤼드　　　120
7. 불행　　　122
8. 앙길베르의 시　　　124

V (로마력 새해 첫날에 바쳐진 책)

1. 프랑크 왕국　　　129
2. 왕의 알프스 산맥 여행　　　131
3. 황제의 대관식　　　133
4. 샤를마뉴의 죽음　　　135
5. 역사가 니타르　　　135
6. 퐁트누아 전투　　　137
7. 아르겐타리아 성사(聖事)　　　139
8. Strazburger Eide(스트라스부르 서약)　　　141
9. 일체의 도움을 주지 않으리라　　　143
10. 눈보라 속에서 출발　　　146

VI (니타르의 죽음에 관한 책)

1. 니타르의 과민한 은퇴　　　148
2. 니타르의 유언　　　149
3. 니타르의 죽음　　　150
4. 사르의 눈물　　　152

  5. 사르와 아르트니   154

  6. 페누키아누스라는 이름의 새잡이 이야기   156

  7. 페누키아누스의 가르침   157

  8. 사랑의 모험들   162

  9. 바그다드에 있는 아르트니   166

10. 수피 주나이드   168

VII (성녀 욀랄리의 세퀜티아)

  1. In figure de colomb volat al ciel (비둘기의 형상으로 하늘로 날아올랐다)   169

  2. 프랑스 문학의 탄생   170

  3. 성녀 욀랄리의 생애   173

  4. 생리키에 수도원의 화재   176

  5. 갑판 상부에 구조물이 둘인 범선   178

  6. 르 리메유Le Limeil라 불리는 아이의 이야기   179

  7. 티티새의 샘   182

  8. 갑각류 지의(地衣)들   184

  9. 고사한 검은 나무에 피는 페지즈   187

VIII (에덴에 관한 책)

  1. 이브의 정원   188

  2. 우아셀 섬   189

  3. 바다   191

  4. Li val tenebrus (어두운 계곡)   195

  5. 루키우스 수도사의 실종   197

  6. 어머니들의 살점   197

  7. 사자(死者)들의 웃음소리를 듣는 아르트니   200

IX (시인 베르길리우스의 책)

1. 베르길리우스   210

2. 쿠마이의 새 사육장   213

3. 독수리 상징의 사도 요한   214

4. Les pages(지면들)   218

5. 말〔馬〕들   219

6. 루아르 강에서의 죽음   222

7. 하늘   223

8. 지베 항구   225

X (*Liber eruditorum* 석학들의 책)

1. 이상은   229

2. 새 사냥   231

3. 지난날의 눈〔雪〕   234

4. 페누키아누스의 죽음   234

5. 아르트니의 죽음   237

6. 수도사 루키우스   239

7. 테살리아의 루키우스   244

8. 올빼미   245

옮긴이의 말 · 프랑스어 탄생의 현장 스케치   247

작가 연보   262

작품 목록   267

일러두기

1. 이 책은 Pascal Quignard의 *Les Larmes*(Paris: Grasset, 2016)를 우리말로 옮긴 것이다.
2. 파스칼 키냐르의 원문에는 주가 없다. 본문의 각주는 옮긴이가 보충 설명한 것이다.
3. 강조하기 위해 원서에서 대문자로 표기한 것을 본문에서는 고딕체로 표기했다.
4. 맞춤법과 외래어 표기는 1989년 3월 1일부터 시행된 「한글 맞춤법 규정」과 『문교부 편수자료』 『표준국어대사전』(국립국어연구원)을 따랐다.

I

(하이델베에르만[1]에 대한 책)

1. 말〔馬〕들에 대한 이야기

옛날에는 말들이 자유로웠다. 대지를 질주해도 사람들이 탐내지 않았다. 포위하거나, 행렬에 편입시키거나, 올가미로 포획하거나, 덫을 놓아 잡거나, 전차(戰車)에 붙들어 매거나, 마구를 달거나, 안장을 얹거나, 편자를 박거나, 올라타거나, 제물로 바치거나, 잡아먹거나 하지 않았다. 이따금 사람들은 짐승들과 함께 노래했다. 사람들이 긴 탄식을 쏟아내면 말들은 야릇한 울음소리를 냈다. 새들은 하늘에서 내려와 멋진 갈

---

1) 독일 신화에 나오는 인물. 월귤나무나 수레국화를 뜻하는 독일어 heidelbeer와 '사람'을 뜻하는 Mann의 합성어다.

기를 흔드는 말들의 다리 사이에 흩어진, 그리고 사람들의 허벅지 사이에 떨어진 찌꺼기를 쪼아 먹었다. 그들은 불을 에워싸고 흙바닥에 앉아 고개를 뒤로 젖힌 채 게걸스럽게 쩝쩝거리며 엄청나게 먹어댔다. 그러다가 느닷없이 장단에 맞춰 손뼉을 치기도 했다. 불이 꺼지면 노래를 그치고 자리에서 일어났다. 사람은 말처럼 서서 잘 수 없기 때문이다. 흙바닥에서 돈주머니와 자신들의 페니스가 놓였던 자리의 흔적을 지웠다. 그리고 다시 말에 올라탔고, 대지의 방방곡곡을, 해안가의 습기 찬 둑길을, 저지(低地)의 고생대 숲을, 바람 부는 황야를, 대초원을 누비고 다녔다. 어느 날 한 젊은이가 이런 노래를 지었다. "나는 한 여자에게서 나왔으며 죽음을 마주 보고 있다. 내 넋은 밤마다 어디로 사라지는가? 어떤 세계에 머무는 것인가? 그렇게 생면부지의 한 얼굴이 나를 따라다닌다. 어찌하여 알지 못하는 이 얼굴을 다시 보게 되는가?"

그는 홀로 말을 타고 떠났다.

벌건 대낮에 달리고 있는데 갑자기 주위가 어두워졌다.

그는 몸을 굽혔다. 두려움에 사로잡혀 말의 목을 뒤덮은 갈기와 바르르 떨리는 따스한 피부를 쓰다듬었다.

그때 하늘이 칠흑처럼 캄캄해졌다.

기수(騎手)는 청동 사슬 위로 고삐를 잡아당겼다. 말에서 내렸다. 순록 가죽 석 장을 단단하게 잇대어 만든 덮개를 땅

바닥에 놓고 펼쳤다. 네 귀퉁이를 고정시켰다. 자신과 말의 머리를 되도록 완벽하게 보호하기 위해서였다. 그들은 다시 떠났다.

바람 한 점 없었다.

갑자기 비가 쏟아졌다.

우레 같은 소리를 내며 요란하게 퍼붓는 빗줄기 속에서 그 둘은 눈으로 길을 가늠하며 천천히 앞으로 나아갔다.

산언덕에 도착하자 비가 그쳤다. 어둠 속에 남자 셋이 나무에 묶여 있었다.

가운데 남자는 완전히 알몸으로 머리에 가시 면류관을 쓴 채 울부짖었다.

다른 한 남자는 등나무 끄트머리에 매달린 해면(海綿)을 불가사의한 방식으로 입술로 끌어당겼다. 그와 동시에 옆에 있던 한 병사가 그의 심장에 창을 꽂았다.

2. 아귀스에게 일어났던 이야기

한참 뒤 몇 세기가 흐른 어느 날 어둠이 내리고 있었다. 고삐로 말을 끌며 솜 강변을 홀로 걷던 그가 멈춰 섰다. 강기슭이 어슴푸레해지기 시작할 무렵이었다.

남자는 슬레이트 더미 위에서 죽은 어치[2] 한 마리를 보았다.
소리 없이 흐르는 강에서 10미터 남짓 떨어진 곳이었다.

오리나무가 한 그루 있었다.

저무는 햇빛을 받으며 떨어진 회색빛 슬레이트 더미 위에 어치 한 마리가 양 날개를 활짝 펴고 부리를 벌린 채 등을 대고 누워 있었다.

말이 고개를 흔들며 휘리링 콧바람을 냈다. 하지만 남자는 말 잔등에 뒤덮인 길고 묵직한 갈기를 쓰다듬을 뿐이었다.

강의 뱃사공인 아귀스는 키가 큰 오리나무 몸통에 나룻배를 비끄러맸다. 그러고 나서 놀라 어리둥절한 기수와 옴짝달싹하지 않는 말 옆에 다가와 섰다. 어깨에 갈고리 장대를 둘러맨 그는 그들의 시선이 머문 곳을 바라보았다.

죽은 어치에게서 이상한 낌새가 느껴졌다.

그래서 아귀스는 용기를 내어 날개가 파란 새에게 두 손을 내밀었다.

하지만 거의 그 즉시 몸이 굳었다. 어치의 검은색과 파란색 깃털이 규칙적으로 들썩였기 때문이다. 새는 숨을 쉬며 몸을 약간 뒤척였다. 이런 방식으로였다. 즉 한 번은 강기슭과 나룻배와 잎이 우거진 오리나무와 강 쪽으로, 또 한 번은 엉겅퀴

---

2) 까마귓과에 속하는 중형 조류.

와 목도한 광경에 놀라 경직된 기수와 불안감에 얼어붙은 말 쪽으로.

사실은 어치가 알록달록한 깃털에 마지막 햇살을 쬐는 거였다.

깃털을 말리고 있었다.

그런 다음에 새는 순식간에 몸을 뒤집어 두 발로 섰다. 대번에 훌쩍 날아 올라 뱃사공의 갈고리 장대 끝에 앉았다.

그때 아귀스는 어깨 위의 새를 통해 자신이 세상을 떠나야 한다는 것을 감지했다.

새를 향해 고개를 돌렸다. 새는 그를 바라보며 끔찍한 울음소리를 냈다. 다시 기수 쪽으로 고개를 돌리자 이미 옆에는 아무것도 없었다. 기수와 말이 살며시 가버린 뒤였다.

새가 검고 파란 날개를 갑자기 펼치더니 횃대—아귀스가 어깨에 멘 갈고리 장대—를 떠나 날아갔다.

새는 하늘로 빨려 들어갔다.

차츰 아귀스의 성격이 침울해졌다. 강가에서의 직분을 소홀히 하기 시작했다. 등나무들 사이에 나룻배를 방치했다. 비가 쏟아져 배가 폭우에 젖어도 아랑곳하지 않았다. 계절이 두 번 지날 즈음 우울해하는 그에게 지쳐버린 아내와 아들은 함께 열심히 의논한 끝에 소지품을 챙겨 떠났다. 그러자 아귀스는 가족과의 동행을 포기했던 것처럼 친지들에게도 등을 돌

15

렸다. 사람들과는 더 이상 교류하지 않았다. 지나치게 밝은 빛도 피했다. 눈에 보이는 모든 게 그를 두려움에 떨게 했다. 동물의 얼굴조차 자신을 비난하는 것 같아서 피했다. 부리가 샛노란 말똥가리의 시선이나 무더운 밤 황야에서 노랫소리로 관심을 끌려는 개구리의 눈을 피해 그는 길을 에둘러 갔다.

3. 합주 상자

옛날에 살짝 안가발이인 한 남자가 있었다. 칸막이 있는 나무 상자를 등에 지고 이 마을 저 마을을 떠돌았다. 상자를 바위나 나뭇등걸, 함(函)이나 벤치 위에 내려놓고 조심스럽게 뚜껑을 열었다. 구멍 열두 개에 개구리가 한 마리씩 들어 있었다. 저녁이 되면 고개를 들고 '반 시수'라는 이름을 불렀다. 한쪽 발이 불구인 남자가 마치 하늘을 우러러 드리는 기도 같았다. 그는 "말하라, 반 시수!"라고 외쳤고, 그곳에 있는 한 아이에게 단지를 가져오라고 한 뒤 개구리마다 머리에 물을 붓도록 시켰다. 개구리들이 합창했다. 그는 아이들에게, 그리고 밭과 오솔길, 숲에서 모여들어 그를 에워싸고 상자 안을 들여다보려고 앞다투어 그를 밀치며 웅성대는 여러 사람에게 이렇게 말했다. "여러분이 조용히 하셔야 어렴풋이 종악(鐘樂)

소리가 들릴 겁니다."

그러자 아이들조차 입을 다물고, 차츰 높아지는 노랫소리에 귀를 기울였다. 그들의 눈시울이 젖어들었다. 각자 알고 있는 누군가가 저세상에 있었기 때문이다. 어떤 이들은 "엄마!"라고 중얼거렸고, 무릎이 접히며 주저앉았다. 그들은 아주 나지막하게 말했다. "엄마! 엄마!"

4. 니타르[3]의 출생

옛날에 니타르가 태어나던 날, 앙길베르[4] 백작—아이의 아버지이며, 리키에[5] 성인에게 헌납된 솜 만(灣)의 생리키에 수

---

3) Nithard(795/800~844?): 라틴어명은 니타르두스Nithardus. 프랑크 왕국의 역사가이며 샤를마뉴의 외손자. 일찍이 아버지를 여의었으며, 성인이 된 뒤에는 서프랑크 왕국의 사촌 대머리왕 카를(샤를) 2세의 총신이자 후견인으로 활동했다. 844년 아키텐의 페팽(피피누스, 피핀) 2세와의 싸움에서 죽었다. 저서 『경건왕 루트비히(루이) 아들들 사이의 분쟁』(843)은 카롤링거가(家)의 역사를 알리는 중요한 사료이다.

4) 라틴어명은 앙길베르투스. 카를(샤를마뉴) 대제 휘하의 귀족으로 시인, 해군 제독, 수도원장이었던 인물로 성인으로 추대되었다.

5) Riquier(6세기 말~645): 혹은 라틴어로 '리카리우스Richarius.' 생리키에 saint Riquier는 '성인(聖人) 리키에'라는 뜻으로 인명인 동시에 그에게 바쳐진 수도원의 이름이자 그곳의 지명이다.

17

도원의 원장 사제였던──은 베르트[6]의 배에서 나오는 흠뻑 젖은 아이를 받으며 이렇게 말했다. "네가 처음으로 눈꺼풀을 들어 올리자 몹시 연한 피부에 자글자글 주름이 잡히며 빛 속에 젖은 커다란 두 눈이 드러나는구나. 성부와 성자와 성신의 이름으로 너를 축복하노라." 바로 그때 새로운 울음소리가 들렸다. 베르트의 뱃속에 쌍둥이가 있었던 것이다. 뱃가죽을 밀며, 배꼽까지 팽팽하게 당겨진 피부에 뒤덮인 무성한 금빛 음모 바로 아래 크게 벌어진 음순들 사이로 노란 이마가 보였다. 사제 앙길베르는 아이를 잡으려고 했지만 갓난애가 유난히 젖어 있었다. 끈적거리는 작은 몸뚱어리가 마구 허우적대다가 뱀장어처럼 그의 두 손으로 미끄러져 들어왔다. 사제가 외쳤다. "자연 가운데 어디서든 그러잡기부터 시작하는 감각이여, 조막손을 폈다가 이미 몇 계절 전에 너를 수태시킨 자의 두툼한 손을 이토록 집요하게 열정적으로 꽉 쥐누나. 이번엔 너를 축복하노라. 니타르와 찍어낸 듯이 닮은 아이로 그의 출생이 반복되는 것은 필시 신이 우리에게 보내는 신호이리라. 이 아이의 얼굴은 거의 거울상처럼 니타르를 되비치고 있지 않은가. 신은, 당신에게도 어깨 위에 잠든 요한이 있는 것처럼 그에게도 삶의 동반자를 주시고 싶었던 게로구나!"

6) Berthe: 베레타Berehta라고도 한다. 카를(샤를마뉴) 대제의 딸.

이 말을 마친 그는 두번째 세례를 주관했고, 아이의 이름을 아르트니[7]로 지었다.

5. 니타르의 수태

옛날에 니타르의 출생에서 아홉 달 거슬러 올라간 어느 날 오후, 그들은 남들의 눈을 피해 노랗고 하얀 인동덩굴과 커다란 푸른 등나무 뒤로 몸을 숨겼다. 베레타 혹은 베르트로 불리는 황제의 딸이 앙길베르 백작의 손을 잡고 이렇게 말했다.

"내 안으로 들어와요."

그녀는 거듭 말했다.

"내 안으로 들어와요. 당신을 너무도 사랑해요."

그녀는 튜닉을 들어올렸다. 그러자 그가 그녀 안으로 들어갔다.

그녀는 오르가슴을 느꼈다.

그 자신도 무한한 쾌락을 느꼈던 터라 두번째로 그녀를 꿰

---

7) Hartnid : Nithard라는 이름의 여섯 철자를 순서만 바꿔 지은 이름. 프랑스에서는 나중에 태어난 자가 먼저 수태된 자라 여겨 형이다. 니타르에게 형제 frère가 있었다는 기록은 있으나, 쌍둥이인지는 알 수 없다. 아르트니에 관한 이야기는 전부 작가가 지어낸 것이다.

19

뚫었다.

그녀는 또다시 절정에 도달했다.

이것이 니타르와 아르트니의 출생에 앞서 일어났던 일이다. 솜 만의 샤먼인 사르는 그즈음 이런 즉흥시를 지었다.

"새들이 노래하기를 좋아한다면, 노래를 듣는 것도 좋아하기 때문이로다.

새들은 백악(白堊) 절벽 아래로 밀려와 부서지는 북해의 파도 소리를 즐겨 듣는다. 그리고 수직의 하얀 암벽을 침식해서 만들어낸 모래사장을 밀어내며 일어나고 부서지는 파도 앞에서 차츰 입을 다문다.

설사 만을 따라 있는 염호(鹽湖)의 고인 물에서 자라난 갈대의 살랑거림이 그들을 매혹할지라도.

새들은 염분이 밴 초원과 갈대밭으로 다가간다. 그 안으로 들어간다. 바람이 바이브레이션으로 부르는 노래에 반주를 넣으며 즐거워한다."

그렇게 말하고 나서 다시 사르가 말한다. "비가,
숲의 나뭇잎들 위로 내릴 때,
새들의 부리는 오히려 움츠러든다.

목청껏 지저귀는 노래의 음높이가 낮아지면서 변주도 느려진다.

때로는 소나기와 폭우로 지저귐이 멈추기도 한다.
굉음과 폭음에 완전히 자리를 내주기도 한다."

"모든 새는 화답한다. 입을 다물게 될 때는 심지어 경이로운 침묵으로 응답한다.
모든 새는 장소에 따른 동작과 특별한 공명(共鳴) —내면의 기이한 명령에 따른—에 맞추어 조바꿈을 한다.
안개가 자욱한 곳에서는 아르페지오가 거의 영글게 울리지 않는다.
나무 그늘 아래서는 어떤 부름도 연이어 두 번 울리지 않는다.
새들의 세계에서 저음은 고음보다 더 멀리 퍼진다. 인간 세계에서 고통이 더 확산되는 것과 마찬가지다.
느린 소리는 빠른 소리보다 더 또렷하게 들린다."

나, 사르는 이렇게 말하노라.
"새들의 신호는 당신이 느끼는 슬픔보다 더 감미롭다.
그것은 악마에 들리거나 고통에 빠져 어쩔 줄 몰라 전전긍긍할 때 내가 도와주는 인간들의 분절된 언어보다 알아듣기가 더 수월하다."

6. 사랑에 빠진 아르트니

어느 날 마태오는 「마태오 복음」 제13장 1절에 이렇게 기록했다. "*In illo die, Iesu, exiens de domo, sedebat secus mare.*"(어느 날 집에서 나온 예수는 바닷가에 앉으셨다.)" 어느 날 집에서 나온 아르트니는 바닷가에 앉았다. 갑자기 바람이 불어 모래가 흩날렸다. 그의 나이 열셋이었다. 그곳에 작은 배가 있었다. 그가 배에 올라탔다. 마스트의 돛을 올렸다. 서쪽으로 항해하다가 북쪽으로 방향을 틀고 키를 놓았다. 그리고 잠이 들었다. 그리하여 항해는 오랫동안 지속되었다. 배는 바다를 건너 아클로[8]에 닿았다. 아클로 만에서 아르트니는 바위 밑에 사는 성인을 만났다.

아르트니는 모래사장에 어떤 얼굴을 그리고 나서 성인에게 물었다.

"이 얼굴을 아시나요?"

하지만 은자는 이렇게 응수했다.

"모르오. 왜 내게 묻는 거요? 방금 전 내가 돌 오두막집 문에서 당신이 닻을 내리고, 밧줄로 배를 내리고, 노를 젓고, 바위에 흩어진 부서진 조개껍질 조각들과 염분이 밴 진흙 위로

8) Arklow: 아일랜드 위클로 주의 도시.

배를 끌어올리는 모습을 볼 때까지 난 당신도 당신의 몸도 얼굴도 몰랐다오."

"저는 양 어깨 위에 이런 얼굴 모습을 지닌 여자를 찾고 있거든요. 이게 바로 여행하는 이유고요. 제 얼굴 따윈 중요하지 않아요. 제가 세상에 태어났을 때 이 세상에는 이미 제 얼굴이 존재했거든요."

베레타(아르트니의 어머니인 베르트) 공주는 813년 엑스라샤펠[9]에 있는 부친의 새 궁전에서 이렇게 말했다.

"그 애는 머리가 텅 빈 것 같아. 장딴지와 볼따구니에 털이 나기 시작하자마자 사랑 때문에 정신이 나갔다니까. 어디서 봤는지 모르겠지만 제 몸이 아닌 다른 육체가 머릿속에 떠오른 거야. 적어도 열둘이나 열세 살 즈음엔 머리에 떠오른 이미지가 뇌리에 박히는 법이지. 날이 밝아 잠에서 깨어나도 그 이미지는 사라지지 않거든. 그 순간부터 그 앤 제 동생도 보려고 하지 않더라. 이미지가 격정으로 바뀌면서 누구의 말도 들으려고 하지 않는 거야. 오로지 그 얼굴의 주인공을 찾고 싶은 거지. 내 아들의 변해버린 모습에 놀라지 않는 이가 없어. 그

9) Aix-la-Chapelle : 독일 서부의 국경도시로 독일어 지명은 Aachen(아헨). 카롤루스(샤를마뉴) 대제가 도시로 발전시키고 겨울마다 이곳의 온천에서 머물렀다고 한다.

앤 누군가를 사랑하는 거야."

베르트 공주는 아들이 떠난 이유를 쌍둥이 동생 니타르에게 이렇게 해명했다. 쌍둥이는 먼저 수태된 아이가 나중에 태어난다. 그런 연유로 앙길베르가 수태시키고 이름을 지어준, 그리고 베르트가 품어서 키운, 아르트니는 니타르라는 이름의 철자 배열만 다른 이름으로 불리게 되었다.[10] 그는 프랑시 공국[11]의 해안을 떠났다.

7. 수도사 루키우스

그는 생리키에 수도원의 수도사 중 한 사람으로, 아르트니와 니타르에게 그리스어와 라틴어 글자를 가르쳤고, 훌륭한 필경사였으며, 비잔틴 글씨를 장식체로 쓰거나 샤를마뉴의 글씨를 극히 단순한 필체로 간소화시키는 솜씨가 수도원에서

---

10) 이름의 마지막 자음은 거의 발음하지 않지만, 프랑스어의 전신인 '갈로-로망어'와 게르만어가 혼재하던 당시에 이름의 마지막 철자 'd'를 't'로 발음했을 가능성을 염두에 두고 키냐르에게 확인한 결과, Nitard와 Hartnid의 경우 마지막 철자를 발음하지 않는다는 답변을 들었다.

11) Francie: 메로빙거 왕조나 카롤링거 왕조 때 지금의 '프랑스'를 뜻하는 단어. 라틴어로는 Francia.

단연 으뜸이었다. '수도사 루키우스'라는 이름으로 불렸던 그는 온몸이 새까만 고양이와 사랑에 빠졌다. 고양이는 숲의 까마귀처럼 아름답고 호리호리했다. 두 눈은 더없이 그윽했다. 사실은 콧잔등의 하얀 점 때문에 오히려 경작지의 작은 떼까마귀와 더 비슷했다. 루키우스 수도사는 서둘러 하루 일과를 끝내고, 급히 필경을 마치고, 부랴부랴 필경실을 떠났다. 필경실의 칸막이 좌석에는 작은 숯불 난로가 있어 훈훈하기 때문에 사제들은 그곳에서 발을 녹이며 사제복 안에 온기를 모았다. 하지만 그에게 온기 따위는 중요하지 않았다. 루키우스 수도사는 허둥지둥 방으로 달려가 나무로 된 들창문을 열었다. 그러면 고양이가 나타나 펄쩍 뛰어내렸고, 그의 목덜미에 차가운 콧잔등을 들이밀었다. 그의 머릿속에는 온통 고양이 생각뿐이었다. 오직 어루만지기, 애무 자체에 탐닉한 애무, 무심한 속삭임, 코 고는 소리, 누그러진 울음소리, 가르랑거리는 소리, 치간음의 발성, 까끌까끌한 혀로 슬쩍 핥기, 동의를 표할 때는 가늘게 눈을 뜨고 휴식과 포근함에 취하면 반쯤 감기는 두 눈만을 꿈꾸었다.

루키우스 수도사는 고양이의 살가운 작은 눈과 작은 코 생각만으로 넋이 나갈 지경이었다.

그는 방에 들어와 문을 닫기 무섭게 두건을 벗었다. 일단 두건부터 벗고 나서 들창의 나무 덧문을 앞으로 당겼다. 이미 와

있던 고양이가 그의 어깨로 뛰어내려 앞발로 애무하듯 그의
뺨을 쓰다듬었다.

밤에도 수도원의 지붕들을 여기저기 살피며 이름을 부를
필요조차 없었다. 고양이는 이미 어깨로 뛰어내려 가르랑거
렸으니까.

그 둘은 가죽으로 덮은 보리 짚 매트에 누워 함께 잤다.

사제는 고양이의 털 속에 얼굴을 묻었다. 숨 쉬기는 힘들어
도 되살아난 느낌이었다. 그들은 함께 이야기했다. 행복했다.
서로 사랑했다.

8. 앙길베르가 복원한 수도원

황제는 백작이며 수도원장(*abbas et comes*)인 앙길베르에게
마르쿨 성인[12]의 샘, 그 위로 시멘트를 바르지 않고 돌들을 이
음매 없게 짜 맞춘 덮개, 옆에 있는 샤먼의 왕 리키에 성인의
오래된 암자, 그리고 주변을 에워싼 수도원의 최신 건물들을

---

12) saint Marcoul(490~558): Marcoul, Marcouf, Marcult, Marcou라고도 한다.
   노르망디의 쿠탕스 부근 낭퇴유의 수도원 창설자. 나력(결핵성 경부 임파선
   염)을 치유하는 성인으로 알려져 있다.

하사했다. 게다가 캉토비크[13) 쪽 바닷가에 이르는 속지도 하사했다. 790년대였다. 하룬 알라시드[14)가 이미 대도시국가 바그다드의 칼리프였다. 샤를마뉴[15)는 아직 황제가 아니었다. 세상 사람 어느 누구도 그를 '카롤루스 대제'나 '샤를 대제' 혹은 '카를 대제'로 부르지 않을 때였다. 프랑크족의 젊은 왕은 바다에 면한 프랑시 공국을 장악한 백작을 사윗감으로 탐탁해하지 않았다. 왕은 베르트를 즉시 자신의 궁으로 데려가고 싶어했다. 다른 어떤 공주보다, 심지어 자기 아내들보다 딸 베르트를 더 사랑했기 때문이다. 앙길베르 백작은 그녀의 아버지 뜻을 전하면서 공주를 영원히 밀어냈다. 그때 그녀에게 했던 말이다.

"여자든 남자든 두 번 다시 욕망을 느끼지 않을 수 있어요. 여자나 남자가 꼭 그렇다고 확신하는 바는 아니지만 얼마든지 있을 수 있는 일이라오. 연어라는 물고기는 생애 최초로 쾌락을 느끼는 바로 그 순간에 죽는다오. 자신들이 수태된 모천

---

13) Quentovic : 프랑스 북부의 항구도시 에타플쉬르메르Étaples-sur-Mer의 옛 지명.
14) Hārūn al-Rashīd(763~809): 아바스 왕조의 제5대 칼리프. 『천일야화』의 주인공으로도 유명하다.
15) 샤를마뉴 대제를 라틴어로는 Carolus Magnus, 독일어로는 Karl der Grosße, 프랑스어로는 Charles le Magne(후에는 Charlemagne로 부름)라고 한다.

에서 서로의 몸통과 지느러미가 뒤섞이는 순간부터, 정액에 젖은 늙은 몸뚱어리가 여전히 쾌감으로 떨리는 가운데 죽는 거지요. 당신은 내게도 그와 비슷한 일이 인동덩굴 속에서 일 어났음을 알아차렸소. 궁정 사람들의 눈을 피해 우리가 푸른 빛의 빽빽한 등나무 열매 그늘에 숨었을 때 말이오. 두려움에 몸을 떠는 짐승들과 똑같이 우리도 행복에 겨워 몸이 떨렸지 요. 때로는 영혼이 빠져나가는 마지막 순간에 비명을 지르기 도 한다오. 마치 태어나는 순간 태양 빛에 몸이 노출되면서 울 부짖는 것처럼 말이오. 쾌락에서도 참고 있던 정액이 갑작스 럽게 분출되는 순간에 울부짖는 거라오. 사실 생전에는 그리 많은 것을 배울 수가 없을 듯하오. 현재로선 당신 아버지께서 우리 관계가 지속되는 걸 원치 않아요. 군주는 내 친구이고, 나는 그의 충직한 동료라오. 당신에겐 아버지이고, 당신은 명 랑하고 상냥한 딸이지요. 아들도 손주도 꽤 많지만, 노심초사 영토 확장의 의지를 다지는 그에게 거대 왕국의 계승 문제는 걱정거리가 아닐 수 없을 거요. 당신은 그의 여인들이 사는 엑 스의 궁으로 가시오. 우리의 육신이 떨리거나 기쁨을 느끼거 나 불안에 떨 일도 더 이상 없을 거요. 자식들은 내가 돌보리 다. 수도원에 모인 수도사 300명이 애들을 정성껏 훈육할 것 이오. 세상의 그 어떤 공작도 그들보다 더 열성적으로 가르치 지는 못할 것이오. 게다가 요리하고, 빨래하고, 빨래를 널어

말리고, 뜰을 가꾸고, 직사각형 밭에 채소를 심고 수확하는 여자들이 애들을 애지중지할 테고요."

베레타 공주는 생리키에 수도원의 원장이 된 앙길베르 백작에게 대답했다.

"우리 여인들의 삶은 행복하지 않아요. 여자로 사는 시기가 너무 짧으니까요. 무척 오랜 기간 어린 소녀였다가, 여자인 시기에 머물 새도 거의 없이 지나치게 빨리 어머니가 되잖아요. 그러면 늙은이 행세나 하고, 얼굴에 분칠을 하고 안절부절못하면서, 죽음의 바다에서 난파될까 우물쭈물하다가 기나긴 시간을 허송세월하게 된답니다. 게다가 가임 기간은 인생의 길이에 비해 속상할 정도로 제한되어 있고요. 우리 성기에서 나오는 어린것들이 요구하는 보살핌이란 것도 무한반복적인 무례한 것들뿐이죠. 그래서 이런 생각이 들더군요. 어머니나 할머니로 사는 기간이 너무 늘어나서 거의 진절머리가 날 정도로 지루하다고요. 그런 의미에서 아버지의 처첩들인 내 또래 여인들과 함께 지내는 게 그리 싫진 않아요. 당신은 더 이상 나와 살을 맞대고 눕고 싶어 하지 않고, 밤에도 내 가슴에 입을 대고 빈 젖을 빨고 싶어 하지 않고, 내 어깨의 움푹한 곳에 신음 소리를 쏟아내고 싶어 하지 않는군요. 그러니 친구로서 나를 도와주세요. 이제 최악이라 생각되는 것을 말씀드리지요. 여자의 삶에서 더 끔찍한 것은 남자는 우리를 욕망하는

29

데 우리는 그를 사랑한다는 거예요. 우린 누구나 한 남자에게
송두리째 지신을 바치는데, 남자는 여자를 꿰뚫자마자 이내
여자의 품에 있던 사실마저 까맣게 잊고 말아요. 그리고 모르
는 것을 배우겠다고 천지 사방으로 분주히 돌아다니잖아요."

9. 큰 홀에서의 목욕 장면

어슴푸레한 빛이 들어찬 큰 홀에서였다. 아르트니는 나무
통에서 목욕을 하고 있었다. 등 뒤에서 여인의 목소리가 들
렸다.

"당신을 만질 테니 눈을 감아요."

아르트니는 눈을 감고 목소리에 화답했다.

"시키는 대로 했어요. 눈꺼풀을 내렸어요. 좋을 대로 하세
요."

그러자 위클로란 이름의 여인이 그의 양 어깨를 잡고 통 속
으로 들어왔다.

그는 눈을 뜨고 바라보았다. 매우 아름다운 여자였다. 그가
말했다.

"앞으로는 당신이 다가와도 눈을 감지 않겠어요."

"어쩌나!"

"당신이 나의 유일한 아내가 될 거예요. 참으로 아름답군요. 알몸을 본 여자는 당신이 처음이에요. 난 어떤 얼굴의 여인을 찾아 헤매고 있지만, 그녀의 알몸은 짐작조차 못 하거든요. 머리부터 발끝까지 적나라한 모습을 알게 된 여인은 오직 당신뿐이죠. 옛날에 영문도 모르게 마음에 새겨진 초상 옆에 당신을 두겠어요."

여인은 슬픈 기색이었다.

그녀가 말했다.

"오직 꿈들만이 삶에 도움을 주게 될 테죠."

그녀는 손가락으로 통 가장자리를 가리키며 물었다.

"청동 테두리 위에 있는 이 새는 뭔가요?"

"내 어치라오."

10. 아브드 알 라흐만 엘 가피키[16]의 패배

무엇을 공포라고 부르는가? 불현듯 머리부터 발끝까지 온

---

16) Abd ar-Rahman el Ghafiki(?~732) : 우마이야 왕조의 장군, 에스파냐 코르도바의 칼리프, 알안달루스(이베리아 반도를 통치하던 이슬람 왕국)의 사령관. 732년 투르-푸아티에 전투에서 프랑크 왕국의 샤를 마르텔에게 패해 전사했다.

몸을 사로잡는 무서운 느낌이다. 공포를 느끼면 머리칼이 쭈뼛 곤두서고 털들이 일어선다. 속수무책이다. 잠까지 달아나거나 설치게 된다. 흡사 단장의 슬픔 같은 것이어서, 끈으로 조르듯 목이 조여오고, 진땀으로 배가 축축해지고, 엉덩이 골 사이가 흠뻑 젖는다. 공포로 인해 눈물은 나지 않는다. 놀라운 예감을 타고난 대부분의 야생동물은 전속력으로 도망치려는 억누를 수 없는 욕망을 느끼게 된다. 동일한 시기에 힘을 합친 양면 공격이 짐승의 이빨처럼 유럽의 숨통을 조였다. 남쪽의 침공은 점진적이고 교묘하고 치밀하고 경건했다. 북쪽의 침공은 거칠고 야만적이고 탐욕스럽고 난폭했다. 한 군대는 현악기를 대동하고 멋지게 노래를 부르며 집중 공략했고, 또 한 군대는 산발적으로 공략하며 모조리 불태워버렸다. 상호 관련 없는 두 군대가 양측에서 대륙을 공격했다. 698년, 당시 지중해 연안에서 세력을 떨치던 빼어난 미항(美港)인 카르타고만 아랍인들의 수중에 들어갔다. 하지만 711년에는 지중해 연안이 모조리 함락되었다. 내해(內海)의 가장자리에 사라센의 망루들이 해안을 따라 마치 창들이 꽂힌 듯 세워진 채 '삐죽삐죽' 솟아났다. 마르마라해(海)[17]로 물러난 동양에 속한 비잔티움 제국은 서양에 속했던 예전의 제국과는 더 이상 직

17) 터키 북서부. 유럽과 아시아 사이의 내해.

접적인 관련이 없었다. 프로방스의 항구들은 한산해졌다. 전쟁으로 규모가 축소된 선박들과 길이가 줄어든 갤리선, 그리고 말이 끄는 강배나 심지어 곤돌라로 써도 될 만큼 소형화된 상인들의 기다란 수송선들이 낚싯배와 보트, 거룻배로 사용되었다. 극동에서 오는 비단과 향신료는 나귀 등에 실려 이탈리아 육로를 거쳤고, 알프스 산맥의 고개를 굽이굽이 휘돌아 넘었다. 인도에서, 몽고의 고원에서, 깎아지른 히말라야 산봉우리에서, 중국의 대하(大河)에서 오느라 이만저만 고생이 아니었다.

바다를 완전히 장악한 아랍인들은 대륙 내부로 진출했다.

론 계곡의 주인이 된 그들은 부르고뉴를 함락했다. 725년에는 도시국가 오툉[18]을 포위했다. 731년에는 옛 도시국가 상스[19]를 공격했으나 결국 격퇴당하고 말았다. 섬에 피신해 있던 대주교가 항해 가능한 하천의 동쪽 지류와 항구에 면한 유대인 거류지의 배후를 공격했기 때문이다. 732년 샤를 마르텔[20]이 에우데스 공작[21]과 합류했고, 그들의 부대는 동맹군이

---

18) Autun : 부르고뉴 지방의 도시.
19) Sens : 부르고뉴 지방의 도시.
20) Charles Martel(688?~741) : 프랑크 왕국의 궁재. 정치 및 군사 지도자. 독일어로는 Karl Martell, 프랑스어와 영어로는 Charles Martel, 라틴어로는 Carolus Martellus라고 한다. 샤를마뉴의 조부이다.

되었다.

그리하여 아브드 알 라호만 엘 가피키는 푸아티에 근교에서 벌어진 대전투에서 패배했다.

733년 에스파냐의 아랍인 부대는 리옹을 잃었다.

마르세유의 귀족들만 유일하게 프랑크에 대항해 사라센과 연합했던 탓에 결연히 이슬람교도로 남았다.

11. 베르뇌유쉬르아브르[22] 공의회

755년 어느 날 프랑크 왕 페팽 3세[23]는 베르뇌유쉬르아브르에서 갑자기 전쟁을 3월에서 5월로 연기하기로 결정했다.

공의회가 소집되었고, 이후 유럽 영토에서는 천 년간 전쟁이 지속되었다.

고대 로마에서는 종종 전쟁의 관문이 3월에 열렸다가 폭우가 쏟아지고 진창길이 되고 붉은 낙엽이 떨어지는 가을에 다

---

21) Eudes(?~735): 681년부터 사망할 때까지 아키텐과 바스코니의 공작을 지냈다.

22) Verneuil-sur-Avre: 프랑스 노르망디 지방의 도시. 키냐르의 고향이기도 하다.

23) Pépin III Brevis(714~768): 프랑크 왕국의 재상 샤를 마르텔의 둘째 아들로 751년 페팽(피피누스, 피핀) 3세로 즉위하여 카롤링거 왕조를 열었다.

시 닫혔다. 성문의 두 문짝은 에트루리아[24] 옛 전사들의 언어로 '야누아'[25]라고 한다.

Januarius deus patuleius et clusius(열리고 닫히는 성문의 신 장비에[26]).

장비에의 성문에는 야누스 해[年]의 돌 위로 서쪽을 향한 노인(*senex*)의 얼굴과 동쪽을 향한 어린애(*puer*)의 얼굴이 있는 수수께끼의 쌍면상(雙面相)이 걸려 있는 반면에, 그 전 해에 처형당해 살가죽이 벗겨진 긴 백발의 왕 머리는 떡갈나무 가지에 매달려 있었다.

새해는 가장 일찍 피는 꽃들과 더불어 순식간에 경이롭게 찾아온다.

라틴어 '*iannus*' 안의 '*ia*'는 진척되는 무엇, 일어서는 군대, 말들의 출정, 한 해가 시작되는 최초의 빛 속에서 무기들이 부딪치는 소리를 뜻했다.

그리하여 755년 주교들은 페팽 3세의 궁정에 모였는데, 그것은 아브르 강에 에워싸여 이통 강 연변에 세워진 고대 도시

---

24) Etruria: 이탈리아 중부에 있던 옛 나라. 로마 공화정 이전에 존재했던 주요 문명이다. '티레니아'라는 이름으로도 언급된다.

25) janua: 라틴어로 (집의) 바깥문, 현관, 혹은 대문의 의미.

26) janvier: 1월을 뜻한다. 라틴어 *januarius*에서 프랑스어 janvier가 파생되었다.

에 있었다. 그들은 프랑크족 수장들(공작들)의 지배자인 왕의 의견에 기꺼이 따를 것이므로, 앞으로는 프랑크 왕국이 차지한 광대무변한 영토에서 공의회(*concilia*)를 '매년' 2회 개최할 것임을 공표했다. 한 번은 5월에 열릴 것인데, 왕과 전사들의 부대가 참석한 가운데 전쟁에 앞서 검토 및 논의를 할 목적으로 저마다 의견을 개진토록 한다. 또 한 번은 10월에 열릴 것인데, 왕족들, 프랑크족을 통솔하는 수장들, 수도원장의 임기를 주관하는 사제들, 교구를 다스리는 주교들이 참석한 가운데 왕국의 행정을 논의하게 될 것이다.

따라서 봄에는 *vassi*(신하들)의 결속이 왕의 주변으로 집중되고, 가을에는 *missi*(使者들)가 분산될 것이다.[27] 그리고 대교구들은 차례로 감사를 받고, 해마다 세금이 징수될 것이다. 이렇게 해서 각 지방 내부의 봉건제도와 제국의 영토 전역에서의 포교가 서로 보완되었다. 하지만 제국의 고개, 연안, 모래사장, 변방은 점점 더 화를 입고, 피폐해지고, 수탈당하고, 불태워지고, 착취당했다. 아랍인들의 약탈에서 노르망디인들의 예측 불가능한 무시무시한 기습으로 바뀌었다. 그 범위는 모든 연안, 강, 바다, 국경, 산에 이르기까지 모조리 초토화시

---

27) 신하들*vassi*은 봉신, 후작, 백작을 가리키고, 사자들*missi*은 주교, 수도원장, 성직자를 가리킨다.

킬 정도로 확대되었다.

12. '곰의 날'[28]로 불리는 것

옛날 어느 날 고지대인 오발레스피르[29]의 작은 마을에서 'Dia de l'Ós(곰의 날)'를 개최했다. 그것은 겨울 끝자락에 피레네의 가파른 산악의 협곡과 봉우리 사이에서 거행되는 의식이었다. 당시에는 '곰의 날'을 '거꾸로 축제'라 불렀다. 그 기원은 그곳에 오래 거주했던 최초의 사람들로 거슬러 올라가는데, 바스크인들──시베리아에서 온 사람들──이 그들을 추격하여 궤멸을 꾀하기 이전의 이야기다. 이 옛날 사람들은 버섯즙을 마시고 취하는 걸 즐겼다. 그들은 횃불을 들고 동굴로 들어갔다. 횃불이 타고 남은 숯으로 동굴 내벽에 그림을 그렸다. 마을 청년들은 옷을 홀딱 벗고는 미리 기름에 섞은 그을음으로 피부와 머리칼과 털에 시커멓게 발랐다. 그리고 양에게서 벗겨내 뒤집은 피투성이 가죽을 몸에 둘렀다. 긴 몽둥이로 무장한 이 '곰들'은 높은 산에서 숙소로, 양 우리로, 샘으

---

28) '곰 축제''곰 사냥'으로도 불린다. 오발레스피르와 랑그도크루시용 지방의 세 도시에서 2월 2일 열리는 풍요와 다산을 기원하는 축제.
29) Haut-Vallespir: 피레네 동쪽과 랑그도크루시용-미디피레네 사이의 지역.

로, 외양간으로, 부락으로 내려왔고, '사냥꾼들'은 곰들을 물리치려고 했다. '곰들'은 처녀들을 붙잡아 피와 검댕을 묻혀 더럽힌 다음에 강제로 동굴에 데려가 범하고는 수태시켰다. 일단 욕망을 채운 '곰들'이 잠에 곯아떨어지면, 하얀 옷을 입고 분칠을 한 '이발사들'이 '육식 잔치'를 벌인 야수들의 동굴로 들어가 곰들을 포획했다. 곰의 손목과 발목을 쇠사슬로 감아 묶어 마을로 데리고 내려왔다. 그때부터 규석으로 만든 양날 도끼로 곰들의 털(머리털, 팔의 털, 가슴 털, 겨드랑이 털, 고환과 페니스를 둘러싼 무성한 음모)을 모조리 밀었다. 그리고 나서 여자들이 그들에게 큰 통들에 든 물을 부으면 야수들은 다시 사람으로 돌아왔다. 바로 그날 반[30]의 백작이자 브르타뉴의 변경백[31]인 루오들란두스(롤랑)[32]가 안시에라를 범해 뤼시아가 수태되었다. 777년 5월 그들이 고개를 넘을 때였다. 후에 뤼시아도 딸을 낳았는데, 아이의 눈이 어찌나 맑고 푸른지 뤼시아[33]라고 불렀다.

---

30) Vannes: 프랑스 북서부 브르타뉴 지방의 도시.
31) 국경 방위를 위해 국경지대에 설치한 변경구의 으뜸 관료인 사령관.
32) Hruodlandus(Rolland): 프랑크 왕국의 왕 샤를마뉴의 조카로 무예가 뛰어나고 올곧은 성격의 기사였다. 브르타뉴의 변경백을 지냈다. 중세 유럽 최대의 서사시인 『롤랑의 노래』에 등장하는 비극적 영웅이기도 하다.
33) Lucilla: 뤼시아Lucia의 애칭이기도 한데, 빛을 뜻하는 라틴어 'Lux'에서 비롯되었다.

13. 솜 강[34]의 기원

누구에게나 망막에 최초로 형성되는, 즉 신생아의 눈에 비치는 첫 색깔은 푸른색이다.

이 색깔은 육지에 앞서 생겨난 바다처럼 푸르다.

육지나 바다에 앞서 있었던 바로 그 하늘처럼 푸르다.

오랫동안 솜 강은 원기를 북돋우는 마르쿨 성인의 샘에서 발원된 시냇물처럼 작은 개울에 불과했다.

사르는 솜 강으로 인해 북해에 움푹 파인 만(灣)을 다스리는 샤먼이었다. 그런데 이 예언자의 눈이 신생아의 눈처럼 파랬다. 어느 날 저녁 그녀의 내면에서 아이슬란드 사람들이 배를 타고 오는 소리가 아득하게 들렸다. 프랑크인들은 오직 여자에게만 천리안이 있다고 믿었다. 이유인즉 여자와 마찬가지로 남자의 기원에도, 노인과 마찬가지로 아이의 기원에도, 유령과 마찬가지로 환영의 기원에도 여자만 있기 때문이라는 거였다.

사르는 앞으로 벌어질 일을 마치 과거사처럼 훤히 꿰뚫어 볼 수 있었다. 그것이 그녀의 능력이었다. 프랑크인들은 이렇게 말했다.

---

34) Somme: 프랑스 피카르디 지방의 강. 영국해협을 마주 보고 흐른다.

"그녀는 뭐든지 다 봐. 눈밭에 떨어진 하얀 머리카락 한 올까지 가려낼 수 있다고. 그 터럭을 손가락으로 집어낼 수 있다면, 우유 사발 안에서도 일단 속눈썹에 내려앉았던 눈송이가 어떤 것인지도 가려낼 수 있는 거지."

그녀의 두 눈은 강옥석이나 사파이어처럼 아주 파랬다.

누구나 그녀의 파란 눈에 주목하며 감탄해 마지않았다. 이구동성으로 이렇게 말했다.

"그녀의 눈은 정말 파래!"

아르트니가 말했다.

"이 세상에서 가장 아름다운 눈이로군. 소나기가 내린 뒤에 잔잔해진 바다에 비치는 맑은 하늘만큼 푸르구나."

그는 샤먼의 눈에 매료되었다.

그런데 갑자기 어느 순간 그녀의 눈동자가 움직이지 않고 차갑고 화강암처럼 회색으로 변했다. 그녀의 눈에 몇 년 후에 침입할 적군이 보였기 때문이다.

그녀가 말했다.

"3년 후 북쪽에서 적군이 내려와 상륙할 겁니다. 비가 와서 강물이 불어날 거예요. 당신들은 꼼짝없이 둑 위에 앉아 강물이 무릎까지 차오르도록 멀거니 바라만 볼 테지요. 그러면 적의 공격으로 죽거나 노예가 되고 말 거예요."

샤먼인 사르는 솜의 어부들, 사냥꾼들, 주물 제조업자들,

그리고 전사들의 웃음거리가 되었다. 앞으로 일어날 일을 너무 일찍 알려준 탓이었다. 그녀가 알아챈 미래가 언제 닥칠지는 아무도 몰랐다. 그녀는 지나치게 멀리 내다보는 예언자였다. 그래서 정작 일이 터졌을 때 프랑크인들은 예전에 들었던 예언을 까맣게 잊고 있었다.

게다가 그녀는 가장 연로한 사람들의 원성을 샀다. 미리 대비토록 했던 것이 매번 완전히 부질없는 일로 드러났기 때문이다.

어느 날 비가 내렸다. 그날은 모두가 작은 강물이 범람하는 것을 내려다보며 둑 위에 앉아 있었다. 그때 아이슬란드 섬에서 온 노르드인들이 그들을 침공했다. 대항하는 남자들 대부분을 죽였다. 아이들과 여자들, 그리고 늙어서 검버섯이 핀 백발의 노망난 남자들은 노예로 삼았다. 바이킹족이 프랑크인들에게 물었다.

"당신네들에게는 불행을 예고하는 샤먼이 없는 거요?"

그러자 패배자들이 사르의 예언을 말해주었다. 그제야 3년 전에 자신들이 들었던 그녀의 말이 전부 기억났고, 비, 강물의 범람, 무릎까지 차오르는 수위, 기습 등등 세세한 부분까지 모든 일이 실제로 일어났음을 깨달았다. 노르드인들은 사르의 거처를 물었다. 포로가 된 프랑크인 하나가 고문을 못 이겨 아이슬란드의 젊은 해병들에게 샤먼의 거처가 있는 절벽

의 동굴 위치를 알려주었다. 노르드인들은 절벽을 기어올랐
다. 갈매기들을 쫓아내고 동굴 안으로 들어갔다. 박쥐들을 쫓
아내고 샤먼의 두 팔을 잡았다. 그리고 두 눈을 파냈다. 새파
란 동공들이 끝없이 흘러내렸다. 그리하여 솜 강이 생겨났다.
이후로 강물은 끊임없이 북해로 흘러 런던의 항구까지 거슬
러 오른다.

14. 얼굴

　어느 날 저녁 배 한 척이 강을 내려왔다. 노 젓는 이가 뱃사
공 아귀스의 것인 검은 선체를 큰 버드나무들의 노란 마름모
꼴 잎새들 속에 정박시켰다. 배에서 아주 날씬하고 아름답고
거동마저 천사 같은 한 젊은이가 강기슭으로 뛰어내렸다. 그
리고 보이지 않는 누군가에게 손짓을 했다.

　배는 소리 없이 다시 떠났다.

　두 남자는 강가를 따라 걸었다.

　그중 첫번째 청년에 관해서는 곧 모두가 알게 되었다. 아르
트니로 불리는 그는 뭔가를 탐색 중이었다. 대상은 어떤 얼굴
이었다. 그의 윗도리 안에는 자그만 에나멜 곽이 있었다. 그
가 그것을 열었다. 스코틀랜드의 섬을 배경으로 그려진 초상

화를 보여주며 물었다. "이런 얼굴을 본 적 있나요?" 그리 아름답지는 않아도 지극히 온화해 보이는 한 여인의 얼굴 정면이었다. 남자의 이름은 아르트니였고, 푸른 날개깃을 지닌 어치가 이따금 어깨 위에 날아와 앉았다.

II

(알 수 없는 마음에 관한 책)

1. 비밀의 방

여자들의 집에는 숨겨진 방이 있는데, 그곳에서 해산한다. 금남의 구역이다. 바로 그곳에서 프랑크 사회의 재생이 이루어진다. '원천'이라고도 할 수 있는 '어머니'들은 조심스럽게 그 비밀을 간직한다. 딸들이 묘령에 이르면 비밀을 알려준다. 딸들은 그날부터 소녀에서 벗어난다. 생리를 하고, 여인이 된다. 카를(샤를)의 딸인 베레타(베르트)도 이런 어머니 가운데 하나였다. '*Cor inscrutabile*(알 수 없는 마음)', 어머니가 아르트니에게 붙여준 라틴어 별명이다. 「예레미야」 제17장 9절에 그가 이렇게 기록했기 때문이다. "만물보다 거짓되고 심히 부패한 것은 마음이라 누가 능히 이를 알리오?"

요한은 선지자였으므로 별명이 '독수리'였다.

니타르의 경우에는 온갖 언어로 끊임없이 글을 썼으므로 '거위'였다.

아르트니의 경우에는 '말〔馬〕'이 될 법도 했다. 떠돌아다니고, 말을 타고, 말의 아름다움과 혈기, 몸집, 기품, 갈기와 섹스를 너무 사랑했기 때문이다. 하지만 어머니가 지었다는 이유로 그의 별명은 '알 수 없는 마음'이 되었다.

2. '에드비'란 이름의 사냥개

앙길베르 해군 제독의 사냥개가 앞발을 뻗으며 짖었다. 암캐가 돌아선다. 몰로스 개[1]는 암캐가 내민 엉덩이에 올라탄다. 되도록 온 힘을 다해, 맹렬하게 앞발로 암캐의 잔등을 움켜잡는다. 암캐를 뒤에서 꿰뚫어 오랫동안 쑤셔댄다.

807년 어느 날 엑스라샤펠의 안뜰에서 에멘의 딸인 에멘이 흘레를 지켜보고 있다. 그녀는 옆에 서 있는 아르트니에게 말한다.

---

[1] 고대 그리스 종족인 몰로스인들이 사냥 혹은 가축이나 집 지키는 용도로 키우던 개.

"개들이 저러는 거 정말 끔찍해요. 사람들이 그러는 것도 끔찍한데요."

"사람들이 그러는 거 봤어요?" 어린 아르트니 왕자가 에멘 공주에게 물었다.

"네."

아르트니는 개들 옆에서 얼굴이 빨개졌다. 그 당시 나이가 아홉 살이다.

"에드비가 불쌍한 암캐를 올라타고 하는 짓처럼 남자가 여자를 올라타고 하는 건 전혀 보지 못했어요."

공주가 말을 잇는다.

"그럴 것 같네요. 그건 말들이 할 때만 멋져요. 올라타는 건 말한테만 어울리죠. 아르트니, 부풀고 휘다가 팽팽해지는 말의 성기보다 더 아름다운 성기를 본 적 있나요? 야생마가 귀리와 엉겅퀴며 이끼와 금작화, 바위 들, 그리고 지의(地衣)로 뒤덮인 황야를 달릴 때 얼굴 뒤로 나부끼는 갈기보다 더 아름다운 머리털을 본 적 있나요?"

3. 오드²⁾의 시녀

스타블로 수도원이 있는 어느 마을에 스펠타밀과 양배추,

밀을 심은 밭이 있었다. 밭은 반원형이었다.

원형경기장처럼 생긴 밭은 곡식과 포도나무로 이루어져 있는데, 그것이 갑자기 끊기면서 몹시 어두컴컴하고 울창하고 빽빽하게 뒤얽힌 야생의 아르덴 숲[3]이 시작되었다.

워낙 조밀하고 어둡고 오래된 태초의 숲이라서 어떤 대비책이 마련되거나 옷섶에 부적 두세 개쯤 꿰매 붙이지 않고는 감히 숲의 문턱을 넘을 엄두조차 내지 못했다.

그곳에서는 종종 멧돼지가 떼를 지어 불쑥 나타났다.

멧돼지들은 4월에 느닷없이 소나기가 내리거나 번개가 칠 때면 밭이며 과일나무와 포도나무, 그리고 채소밭을 휩쓸어 쑥대밭으로 만들었다.

더 멀리 쇼[4]의 황야가 몇 미터 전방의 뫼즈 강가에서 끝날 때조차도 강물은 여전히 숲의 절벽에 부딪혔다.

그곳을 건너기는 훨씬 더 힘들었다.

'악마의 구멍'으로 불리는 장소였다.

---

2) 가장 오래된 무훈시 『롤랑의 노래』에 따르면 롤랑의 약혼녀이다. 샤를마뉴로부터 롤랑의 전사 소식을 전해 듣고 슬픔을 못 이겨 그 자리에서 숨을 거두었다고 한다.
3) 서유럽의 삼림이 우거진 고원지대.
4) Chooz: 프랑스 북부 아르덴 주의 마을. 벨기에 국경 가까이 뫼즈 강에 면해 있다.

구름은 아득히 높은 하늘에 머물렀다.

구름은 스타블로 수도원 시계들의 마음을 며칠 동안 짓눌렀다.

구름은 깎아지른 수직 절벽이 만들어낸 강의 굽이로 인해 말하자면 갇힌 셈이 되었다.

매달릴 수 없는 가파른 절벽.

기어오를 수 없는 암벽.

구름은 가시나무에 매달려 비를 뿌리며 산봉우리에 수개월간 정박했다.

뤼시야가 수줍게 말한다.

"전 오드를 알아요. 제가 모셨던 분이거든요."

아르트니가 말한다.

"그녀가 세상을 떠난 지 50년이 되었네요. 당신은 사실 롤랑 변경백과 다른 여자에게서 태어난 딸이라고 하더군요."

"맞아요."

"당신은 지적(知的)이군요. 아름답고요."

민망해진 그녀는 농담이 하고 싶었다.

"내가 당신에게 줄 수 있는 게 뭔지 이제 잘 알게 됐어요. 근데 당신은, 나의 지성과 아름다움 대신에 뭘 주실래요?"

"나의 용기와 두려움이요."

"앞의 것만 받을게요."

"그 둘이 하나인 걸요."

"앞의 것에 힘을 쏟았더라면 그게 하나가 되었을 텐데요."

"전혀 아니에요. 두려움이 용기에 대한 두려움이 아니거든요. 프랑크족이 코르도바[5]를 다스리는 에미르[6]에 맞서 새로운 전쟁에 개입하게 된 것은 사라고사[7]의 지배자인 칼리프의 요구에 따른 거랍니다. 나는 반쪽짜리 왕자예요. 잡종 왕자. 하지만 원정의 피로나 산악의 눈, 전투의 난폭성, 느닷없이 닥칠 죽음 따위를 두려워하진 않아요."

"그렇다면 당신의 두려움에 대해 더 자세히 말해주세요."

"내가 돌아오면, 당신이 내 사람이 될 건지 말해주세요. 나와 결혼해주지 않을까 봐 그게 두려워요."

"그럴 마음이 전혀 없다면요?"

"그게 두렵다고 내가 방금 말했잖아요."

"그래요. 그럼 다르게 질문할 테니 대답해줄래요, 잡종 왕자님? 그때까지 당신을 기다리지 않았다면 어떻게 하실 건가요?"

"날 기다리지 않았다면, 앞으로 펼쳐질 당신의 삶을 전혀

---

5) Córdoba: 에스파냐 남부 코르도바 주의 주도.
6) Emir: 이슬람 국가의 수장.
7) Zaragoza: 에스파냐 북동부 아라곤 지방의 도시로, 사라고사 주의 주도이다.
   중세에는 아라곤 왕국의 수도였다.

방해하지 않을게요. 하지만 날 기다려준다면⋯⋯"

"기다리지 않을래요."

말은 그렇게 하면서도 그녀는 그의 손을 꼭 쥐었다. 아주 힘
주어 쥐었다.

손을 금방 놓아버리지도 않았다. 그러고 나서 뒤돌아서 갔
다. 총총걸음으로 떠났다.

그녀의 체취도 떠났다.

그 혼자 남았다. 화끈거리는 손과 함께.

얼굴 주변에 감도는 보이지 않는 무엇과 함께. 그것은 남은
향기였다.

그는 배의 나무 난간을 바라보다가 난간을 뛰어넘었다. 그
녀가 멋진 손으로 만졌던 손은 쓰지 않고서.

그러고 나서 강물을 바라보았다.

그러고 나서 뒤돌아 강변을 바라보았다. 멀어져가는 뤼시
야의 모습이 보였다.

얼마 후 필요 이상으로 오랫동안 그녀가 꼭 쥐었던 손을 펴
서 눈가로 가져갔다. 그녀가 만져서 화끈거리는 손으로 눈을
가렸다. 눈을 가린 채 흐느끼기 시작했다. 노 젓는 자리에 앉
아 실컷 울었다. 마음 깊이 도사렸던 두려움이 이거였다. 주
체할 수 없는 눈물이 그가 두려워하는 거였다. 사랑하는 대상
앞에서의 유약함, 바로 이것이 유일한, 그러나 엄청난 두려움

이었다. 어릴 때부터 냉정하거나 화가 나 있는 얼굴들만 봐온 그였다. 그의 존재가 걸리적거린다든가, 그의 요구에 역정을 낸다든가, 그가 어린 탓에 지친 사람들의 얼굴이었다. 그럴 때면 그들의 준엄한 눈초리를 피해 멀리 가서 흐느껴 울었다.

쌍둥이 동생인 니타르만은 그의 눈물을 알았고, 그의 물러남을 지켜주었고, 그의 도주를 모르는 척했다. 하지만 아무 말도 하지 않았다.

그를 보호했지만 안심시켜주지는 못했다.

아르트니는 사람들의 냉혹한 시선에서 벗어나 먼 곳에서 흐느껴 울었다. 그러고 나서 아라미츠[8]로 갔고, 아스파렌[9]으로 갔다. 아두르 강[10]을 건너고, 피크드비고르[11]를 지나 에스파냐의 붉은 대지를 향해 내려갔다.

그녀는 6년 동안 그를 기다렸다. 산송장 같은 이가 오는 것이 보였다.

뼈만 앙상히 남은 이 사람은 아직 말을 좀 했다.

---

8) Aramitz: 바스크 지방(프랑스와 에스파냐의 국경을 이루는 피레네 산맥을 가운데 두고 인근의 양쪽 지역)의 도시.
9) Hasparren: 바스크 지방의 도시.
10) Adour: 프랑스 남서부의 강.
11) pic de Bigorre: 피크뒤미디드비고르pic du Midi de Bigorre. 피레네 산맥의 산.

"당신을 기다렸어요." 그녀가 말했다.

"잘못하신 거예요. 예전과 다른 하찮은 사람일 테니까요."

"그 하찮은 사람이 여전히 날 사랑할까요?"

"사랑해요."

"그렇다면 당신과 결혼하겠어요. 나 역시 당신을 기다렸고, 당신을 사랑하니까요."

홍건해진 눈물이 그의 눈꺼풀에서 쏟아져 내렸다. 그는 그녀 앞에서 말없이 눈물을 흘렸다.

뤼시야는 그의 야윈 얼굴을 두 손으로 감싸 쥐고 꺼칠하고 푹 파인 축축한 두 뺨을 어루만졌다. 그리고 이렇게 속삭였다.

"아르트니, 당신은 내 배 위에서도 무겁지 않겠어요."

그녀는 그와 결혼했을 뿐만 아니라 두 사람은 함께 있어 행복했다.

4. 밤색 말[馬]들의 주인

그런데 옛날에 어느 날 겨울이 끝나갈 무렵이었다. 밤색 말들의 주인(하이델베에르만)이 아르트니에게 아주 작은 밤색 말 한 마리를 주었다. 비루먹고, 몹시 지저분하고, 약간 보랏빛과 분홍빛이 도는, 고약한 냄새를 풍기는 녀석이었다. 아르트니는 두 손으로 조심스럽게 말을 받았다. 사랑하는 아내에게 선물하고 싶었다. 뤼시야란 이름의 아내는 질색하며 그만 말을 밀쳐내는 실수를 범했다. 그것이 남자들이 죽음을 받아들이는 이유이다.

하루는 밤색 말들의 주인이 아르트니에게 말했다.

"죽음을 피하고 싶다면, 매일 밤 풀로 만든 잠자리나 짚으로 된 침대 아래 무릎을 꿇고, 마음속으로 월귤나무에 걸맞은 셈 노래[12]를 암송해야 한다오."

그런데 월귤나무에 걸맞은 셈 노래의 가사를 아는 이가 하나도 없어 이 관습은 지켜지지 않았다.

여자는 밤색 말을 거부했다. 새가 날아와 그의 어깨에 앉았다. 아르트니는 떠났다.

5. 벽에 남은 종치기 위그의 그림자 얼룩

옛날에 어느 날 생리키에 수도원에서 있었던 일이다. 811년

---

12) 놀이에서 순번을 정하기 위해 부르는 어린이들의 셈 노래. Am, stram, gram, piké, pikékollégram 등등.

앙길베르 백작의 삼림 관리 수장이 누군가 잘못 휘두른 도끼에 목이 잘려 죽었다. 왜? 이 점은 수수께끼로 남아 있다. 그날의 성무일과 담당 사제는 수도사 루키우스에게 급히 마을로 가서 우두머리 종치기인 위그를 데려오라고 했다.

루키우스는 종치기에게 조종을 울리러 오라는 전갈을 전하려고 문을 두드렸다.

그의 아내가 작은 집에서 나왔다.

그녀는 방문의 이유를 설명하는 루키우스를 보고 놀랐다.

위그의 아내는 수도사에게 말했다.

"루키우스, 위그는 당신과 함께 수도원에 있다고 말했는데요."

"아뇨, 그렇지 않아요."

"알겠군요."

"저는 아침나절 내내 꼼짝없이 필사에 매달리느라 떡갈나무 걸상을 한시도 떠난 적이 없는 걸요."

"그렇다면 개인적으로 제가 혐오스러워하는 뭔가를 보게 되겠군요."

"별로 보고 싶지 않군요." 루키우스 수도사가 응수했다.

"보고 싶든 아니든 상관없어요. 절 따라오세요."

그녀는 집의 문조차 닫지 않는다. 문지방에 드러누운 노란 고양이의 꼬리를 밟는다. 고양이가 비명을 지르며 펄쩍 뛰어오른다. 그녀가 수도사의 옷소매를 잡아당기며 거듭 말한다.

"절 따라오세요, 신부님."

"신부가 아니라 수도사예요. 전 고양이를 좋아해요. 당신에겐 고양이를 학대할 권리가 없다고요."

"전 누구든 혹독하게 다룬답니다. 내가 누굴 그렇게 다루는지 보시게 될 거예요."

그녀는 루키우스 수도사를 이끌고 가다가 골목 끝에서 보초를 선 궁수(弓手)를 만난다. 이번에는 그녀가 궁수의 팔을 잡아끈다.

"내겐 자네와 자네의 무기가 필요하네. 날 따라오시게, 궁수."

세 사람은 광장으로 향한다.

"정말 우리도 꼭 가야 하나요?" 궁수가 묻는다.

그녀가 불현듯 뭐라 눈치를 주자 그들이 입을 다문다.

종치기의 아내는 맨발이다.

나막신을 손에 들고서 차가운 포도 위로 소리 없이 나아간다.

갑자기 그들에게 손가락으로 선술집을 가리킨다. 위그가 안에서 여자와 술을 마시고 있다.

바로 그 순간 우두머리 종치기가 창 쪽으로 고개를 돌린다. 자신을 바라보는 아내와 눈이 마주친다. 그는 줄행랑을 친다. 어찌나 황급하게, 겁에 질려, 서둘러 도망을 치던지 그림자가 술집 벽에 그대로 달라붙은 채 남았다. 심지어 그가 죽었을 때도, 시신이 매장된 후에도(8년이 지난 819년 수플레넴[13]에서), 경건왕 루이[14]가 바이에른의 공주 유디트 벨프[15]와 결혼한 후에도, 그의 그림자는 여전히 벽에 달라붙은 채 있었다. 그림자를 가리키며 사람들은 늘 이렇게 말한다.

"이건 종치기의 그림자야. 너무 서둘러 떠나는 바람에 미처 그림자를 챙겨갈 틈이 없었대."

프랑크인들 사이에 회자되는 유명한 이야기는 여기서 끝난 게 아니다.

어느 날 엑스라샤펠(아헨) 출신의 크리크빌트라는 이름의 작센 화가가 술을 마시며 즐기러 왔다가 술집 벽에 남은 그림자를 보았다.

---

13) Soufflenheim : 프랑스 북동부 알자스 지역, 바랭Bas-Rhin의 도시.
14) Louis le Pieux(778?~840) : 샤를마뉴의 넷째 아들로 781년 형들인 프랑크 왕 샤를 및 이탈리아 왕 페팽(피피누스, 피핀)과 마찬가지로 아키텐 왕으로 임명되었다. 810~811년에 걸쳐 두 형이 사망하고 814년 샤를마뉴마저 사망하자 제국 전체를 온전하게 계승하여 유일무이한 황제가 되었다.
15) Judith Welf(795/797~843) : 프랑크 왕국의 왕비이자 신성로마제국의 황후. '바비에르의 유디트'라고도 불린다. 경건왕 루이(루트비히)의 두번째 계비이자 대머리왕 샤를(카를)의 생모였다.

6. 생리키에 그림자의 기원

옛날에 어느 날 궁정 소속 화가 한 사람이 오팔라틴(아헨)에서 왔다. 프랑크의 초대 왕 리키에[16]의 수도원 부속교회 지하 납골당의 궁륭과 둥근 창에 그림을 그리기 위해서였다. 납골당 아래로 마르쿨 성인의 샘이 이어졌다. 그는 수도원 밭 근처 마을에 있는 선술집 벽에 남은 그림자를 발견했다. 그는 그것으로 한 세계를 그려보고 싶은 마음이 들었다. 화가 크리크빌트는 종치기가 도망치느라 생긴 얼룩에는 손대지 않았다. 얼룩은 그가 보기에 이 세상에 고하는 작별의 표상이며, 나아가 그 흔적으로 여겨졌기 때문이다. 도주를 초래한 극심한 공포의 그림자, 공포야말로 세상의 모든 수도사가 주목하는 바가 아니던가. 그는 조심스럽게 최소한의 선만 긋는다. 극도로 희미한 색조차 칠하지 않는다. 그림자를 그 상태 그대로 신비가 가득한 호수로 간주한다. 둘레에 양쪽 기슭을 그려 넣는다. 한쪽에는 백조 한 마리가 다가와 노닐고, 다른 쪽에는 일각수 한 마리가 와서 물을 마신다. 위쪽에는 버드나무들이 샘까지 죽 늘어서 있다. 에르미니아[17] 같기도 하고, 아르두이나[18]를 빼닮은 여신처럼 보이기도 하는 여왕이 기독교 기사들을 피해

16) 17쪽 주 5 참조.

달아난다. 그들이 뒤쫓아 오고 있다. 그녀가 뒤를 돌아본다. 멀리 울창한 숲의 시커먼 윤곽선이 보인다. 처음에는 몸을 굽히고 나뭇가지들 속으로 들어가는 그녀의 모습이 보인다. 그러고 나서 잔나무들 속을 질주하는 모습이 보인다. 그녀가 기사들을 따돌린다. 하지만 황급히 따돌리느라 그들의 눈은 속였지만 자신도 길을 잃는다. 그 후로는 어디로 가야 할지, 어디로 가고 있는지 모르면서 오랫동안 헤맨다. 차츰 어둠이 걷힌다. 이윽고 그녀는 목동들이 산에 돌을 쌓아 세운 간이 숙소에 다다른다. 새벽이다. 아침 이슬이 내린다. 그녀가 말에서 내린다. 샘물가에서 잠이 든다. 샘은 살아 있는 이는 그림자도 얼씬하지 못하는 시커먼 호수로 흘러든다. 샘에서 솟아나는 물은, 몸을 털기 시작하는 새들의 합창 속에서, 작은 백합꽃으로 뒤덮인 기슭에 부딪혀 자잘한 파상(波狀)으로 흩어진다. 잠시 후에 어린 목동 여덟 명이 부는 고음의 뿔나팔 소리가 들려온다. 새들의 합창에 자신들의 곡조로 화답하기를 즐

---

17) Herminia: 터키 남동부의 도시 안타키아('안티오크' '안티오키아' '안티오케이'라고도 한다. 성경에서는 '안디옥')의 공주. 중세 기사도 문학의 걸작인 『해방된 예루살렘』에서 핵심 이야기(제1차 십자군 전쟁으로 예루살렘을 정복)를 중심으로 펼쳐지는 다양한 이야기 중 하나에서 에르미니아와 탄크레디의 사랑 이야기가 다루어진다.

18) Arduinna: 고대 켈트족이 숭배하던 숲의 여신.

기며 포플러 숲으로 오는 중이다. 그들은 잠들어 있는 아름다운 여기수(女騎手)를 발견한다. 입에 문 뿔나팔의 마구리를 빼내고 잠든 숲의 여신에게로 다가간다. 부드럽게 들썩이는 멋진 젖무덤을 바라본다. 황금빛 실타래 같은 머리칼의 광채에 화들짝 놀란다. 그 앞에서 말문이 막힌다. 여덟 명 모두가 앉아서 그녀가 숨 쉬는 모습을, 잠자는 모습을 바라본다. 더 이상 소악장을 불지 않으므로, 뿔피리 여덟 개가 발밑에 놓인다. 그들은 감긴 눈꺼풀 주위에서 빛을 발하는 여왕의 머리칼처럼 황금빛 바구니 여덟 개를 엮는다. 2미터 크기의 사슴 한 마리가 느릿느릿 다가온다. 새끼 염소들과 염소 치기 목동 여덟 명이 자리에서 일어나 길을 터준다. 가지 뿔이 열 개 달린 사슴이 다가와 젊은 여인의 말을 살펴본다. 말은 순종의 표시로 사슴에게 목덜미를 내민다. 그리고 평온하게 고개를 돌린다. 사슴을 전혀 두려워하지 않는다. 커다란 사슴은 천천히 뿔을 내리며 자신의 숲 한가운데서 잠든 아르두이나 여신 옆으로 와서 물을 마신다. 경사진 기슭의 조약돌 틈새에서 반짝이는 물을 핥고 난 다음 무릎을 꿇는다. 그러자 여신이 까만 두 눈을, 태양의 수호자인 까마귀보다 훨씬 더 새까만 두 눈을 뜬다. 눈에서 물이 흐른다. 그리하여 모든 게 이 물에 합류되어 물의 발원지인 기원의 어두운 호수로 흘러든다. 사람들의 얼굴에서 흐르는 신비한 물은 이따금 기원에 합류하는 것같이 보이지만, 사실은 살아 있는 각자의 내면에서 그냥 마르기도 한다. 나는 내면에서 이 물이 말라버린 사람들을 많이 알고 있다.

7. 망통 만(灣)에 나타난 성녀 베로니카[19]

천 위에 남은 얼룩도 있었다. 한 남자가 곧 닥칠 죽음을 몹시 두려워하자, 어느 미천한 여인이 예루살렘의 골목길에서 자기 머리에 둘렀던 천을 풀어 그의 얼굴을 닦아주었다. 요한은 자신의 책에 이렇게 썼다. *"Primum caelum et prima terra abiit et mare jam non est. Prima abierunt. Et ego Johannes vidi."*(하늘과 땅이 지워지고 바다도 사라졌다. 그런데 요한이란 이름을 지닌 나는 기원이 무너지는 것을 보았으며 알았다.)

물에서 솟구친 다음에 지각 위로 최초로 솟아난 만물은 하나씩 차례로 소멸되었다.

멀리, 바다 위로 피어오르기 시작한 일종의 해무 속에서 사라진 여인이 외부 세계의 뒤편에 서 있는 모습이 보였다. 바로

---

19) 그리스도가 십자가를 지고 골고다 언덕을 오를 때 천으로 그의 얼굴을 닦아준 여인. 천에 그리스도의 얼굴이 찍혔다.

그 외부 세계도 기원의 존재들 및 상이한 빛들과 동시에 사라진 적이 있다.

그것은 자신의 배〔腹〕 위에 놓인 얼굴을 두 손으로 잡고 있는 유령이었다.

그렇게 성녀 베로니카는 예루살렘을 굽어보는 몹시 허술한 신전에서 망통 만의 강물로 소리 없이 나타났다.

두루뭉술해 보이는 모호한 옷차림에 슬픔이 가득한 미소를 띠고 떠도는 기품이 느껴지는 죽은 여인이 아케론 강[20] 연안에서 물밑의 진흙이 그녀를 빨아들이건만, 높이 솟아올랐다.

더러운 강물이 허벅지까지 차올랐다.

그녀가 튜닉을 걷어 올렸다. 보드랍고 섬세하고 윤기 나고 촉촉하며 반짝이는 황금빛 음모에 둘러싸인, 신의 얼굴이 아니라 집요하게 시선을 끄는 작고 검은 구멍이 보였다.

오, 여기저기 떠도는 창녀여, 다른 세계에 이르고자 작은 비명을 지르는 흥분한 유령들에게 자신을 허락하는 창녀여!

우리네 남자들은 오직 빈약한 회색 물고기를 그대의 어둠 속으로 밀어 넣을 뿐이다.

---

[20] Acheron: 그리스 이피로스 주에 있는 강으로 그리스 신화에도 등장한다. 하데스 왕국의 다섯 강 가운데 하나로 슬픔, 비통함을 상징한다.

8. 루비에[21]의 도로

나는 모든 이름이 베크bec나 뵈프beuf로 끝나는 지방에서
태어났다. bec는 시냇물이고 beuf는 오두막이었다. 투를라
빌[22]은 토를라크[23]의 농가를 가리켰다. 나는 베르뇌유에서 복
음사가 성 요한을 기리는 성당 맞은편에서 살았는데, 그 성당
은 폐허가 되었다. Louviers란 단어는 늑대 굴이 아니라, 그
당시에는 '옛 장소'를 의미했다. 베르농[24]의 참사회 성당 옆에
는 아주 오래된 아름다운 집이 여전히 우뚝 서 있다. 나무로
된 돌출부에는 예수님의 탄생을 알리는 멋진 성모 영보가 있
다. 이 집은 오랫동안 여인숙으로 사용되었는데, '옛 시절Le
Temps Jadis'로 불렸다.

21) Louviers : 프랑스 노르망디 지방 외르 주의 도시.
22) Tourlaville : 노르망디 지방의 마을.
23) Thorlak : 12세기 아이슬란드의 성인.
24) Vernon : 프랑스 노르망디 지방 외르 주의 도시.

9. 테오트라드는 말없이 돌아서서
베르트와 해군 제독을 바라본다

여인은 돌아섰다. 언니와 이야기 중인 사랑하는 남자를 바라보았다. 그러고 나서 주변의 친구들, 제후들, 하인들, 노예들을 살펴보았다. 모두가 시선을 피했고, 이 세계를 모른 척했다. 아무려면 어떠랴. 그녀는 언니와 이야기하는 이 남자를 사랑할 뿐이다. 그녀는 몰래 궁정을 빠져나와 두 사람의 뒤를 밟는다. 그들이 서둘러 돌로 된 아치 아래의 샘으로 간다. 크고 묵직한 등나무 꽃송이들이 담장을 따라 늘어져 있다. 그녀는 언니가 그의 페니스를 잡고, 살 껍질을 밀어올리고, 손가락 사이에서 꿈틀거리는 야릇한 뱀을 제 안으로 밀어 넣는 것을 본다.

10. 우리의 기적 같은 삶에 대하여

옛날이야기에서는 기적이 자주 언급된다. 그것은 오늘날에는 옛날처럼 느닷없이 발생하는 기적의 빈도가 줄어서가 아니다. 옛날처럼 우리가 그런 사건을 마음에 담아두지 않을뿐더러, 공동생활의 반복된 임무 수행에서는 정말로 마음을 뒤

흔들 만한 새로운 사건이 일어나지 않는 탓이다.

사건을 가정일기[25]에, *res gestae*(업직록)에, 언대기에, 내밀일기에, 역사책에, 비망록에 기록하지 않으므로 놀라움의 기억 역시 희미해진다.

그래서 기적이 우글거려도 덜 일어나는 것처럼 보인다.

수많은 고행자가 천국의 길로 들어선다. 하지만 사실상 오늘날 그들은 자신의 해방감을 증언하지 않는다. 동족을 불신해서이다. 무엇하러 자신의 행복을 누설하겠는가? 동족의 질투심을 유발할까 두려운 터에. 그래서 은밀하게 고독에 몰입한다. 고독을 유지하며 단 1초도 평온을 잃지 않으면서 죽음의 순간까지 평온 자체의 밀도를 높여간다. 내면에서 파도가 일어도 눈꺼풀까지 올라오는 법은 없다. 그들은 아마도 고대인보다 더 강렬하게 행복을 사랑한다. 삶의 마지막 순간에 누리게 될 엄청난 기쁨을 속세로부터 더욱 지키려고 한다.

11. 남자들과 여자들의 행복감에 대하여

게다가 옛날에는 남자와 여자인 우리는, 기쁨이 임박해지

25) 집안의 대소사를 비롯하여 가계, 가사 등을 기록한 책.

면 종종 숨을 참았다.

쾌락이 불시에 찾아오면 행복감이 배가되었다.

「영혼을 참으소서!」라는 시편을 제목으로 삼은 설교에서 안셀모 성인[26]이 한 말에 따르면, 그 이유는 다음과 같다. 이 설교는 아마도 기독교 수사들이 기독교 역사의 시간에 관해 썼던 가장 아름다운 강론일 것이다.

"쾌락의 순간을 기다리기, 그것은 언제가 될지 모르는 엄청난 쇠퇴를 기다리는 겁니다.

육체는 이런 흥분이나 추락이 일어나면 속수무책이지요.

여자나 남자에게 바야흐로 불시에 닥치거나 빠져나갈 무엇에 대한 대비책이란 없거든요. 문제의 쇠퇴에 직면하면 두 눈을 부릅떠야 하지만, 눈이 저절로 감기며 단번에 밤의 어둠과는 전혀 다른 암흑으로 빠져든단 말입니다. 행복이란 침몰하는 게 아니라면 무엇일까요? 예측 불가능한 소멸의 흔적이 없다면 기쁨일 수 없답니다. 형제들이여, 이것이 오늘 여러분에게 하고 싶었던 강론입니다. 인간으로 육화된 신이 그러했듯이, 오직 포기의 부르짖음인 비명이 터져 나올 때까지 영혼을

---

26) Saint Anselme de Cantorbéry(1033/1034~1109): 이탈리아의 기독교 신학자이자 스콜라 철학의 창시자로 캔터베리 대주교를 지냈다. 신 존재를 대상으로 한 존재론적 신 논증 제시와 십자군에 반대한 것으로 유명하다. 축일은 4월 21일.

참으세요. 그러면 그의 입술에 옛날 언어가 귀환하게 될 겁니다! 그런데 세상의 밑바닥에 도사린 절대 어둠 속으로의 소멸에 대해 여러분께 더 장황하게 말씀드리고 싶지 않군요. 소멸은 그것을 불러낸 자를 함께 데려가니까요."

12. Macra(여윈 여인)

"네가 여윈 모습으로 세상에 왔으니, 이번에도 여윈 모습으로 이곳을 떠날 테지. 네 얼굴이라곤 이마와 빛나는 시선뿐이군. 머리칼? 그건 유년기의 희미한 기억이겠지."

"사라진 목소리들만이 귓전에 울려!"

아르트니의 말을 받아 사르가 대답했다.

"밝은 빛 속에서 날 바라보지 마! 예전의 내 얼굴이 아니거든. 두 눈이 푹 꺼졌어. 난 죽음의 덫에 걸려들었지. 언제더라? 기억을 헤집어봐야겠네. 어느 순간 입을 벌린 덫이 재빨리 내 삶을 낚아챘는지를."

"밤은 아니었어. 만의 물에는 크네리르[27]와 드라카르[28] 천

---

27) knerrir: 바이킹이 사용하던 상선. 고대 노르드어 knórr의 복수형.
28) drakkars: 바이킹이 사용하던 전함. 고대 노르드어 drakkar의 복수형.

지였지. 병사들이 수도사들과 사제들을 살육했어. 백작은 물 속으로 굴러떨어졌고."

"사실은 이래. 질문이 셋이라는 거. '어디'가 어디? '언제' 가 언제? '왜'가 왜?"

"무슨 말인지 통 모르겠어."

"다르게 질문해볼게. 지금 나를 사로잡은 질문인 데다가 아마도 세 질문을 아우르는 게 될 테니까. 나는 절벽 꼭대기 동굴에 있었고, 너는 강물에 두 발을 담근 채 파도에 휩쓸리며 칼과 노, 창과 도끼에 맞서 용감하게 싸우고 있었단 말이지. 그런데 왜 모든 질문이 나도 모르게 닫혀 소위 봉인되어버린 거지? 네가 내 시야를 벗어나 보이지 않는 세계로 떠난 이후에, 왜 내겐 만사가 시들하게 여겨지는 거지?"

13. 아우구스티누스 성인[29]의 사랑에 대한 강론

아우구스티누스 성인은, 태어나는 순간 얼굴 위로 갑자기 퍼지는 빛은 우리의 얼굴을 만드는 사랑과 마찬가지라고 말

---

29) Saint Aurelius Augustinus(354~430): 알제리 및 이탈리아에서 활동한 기독교 신학자이자 주교. 히포 사람 아우구스티누스라고도 불린다.

했다. "오, 나의 형제들이여!" 그는 카르타고의 로마 대성당의 높은 강단에서 불쑥 이렇게 외친다. "사실, 말씀드리자면 빛은 최초가 아닙니다! 사실, 말씀드리자면 사랑도 첫번째가 아닙니다! 사랑은 다른 모든 것에 대한 증오에 맞서 전력투구합니다. 모르는 것은 무엇이든 자신을 당혹스럽게 하는 까닭에, 사랑은 그것에 접근하기보다는 피할 태세를 취하는 거지요. 사랑은 마치 아버지 집에 들어오는 낯선 이를 두려워하는 어린애 같거든요. 사랑은 지금 공포로 부릅뜬 자신의 눈을 위협하는 공격성을 최대한 억제합니다. 눈은 보이는 대상보다 보는 두려움에 더욱 사로잡혀 있는 까닭이지요. 한 육체가 다른 육체를 욕망할 때 육체를 사로잡는 조급함 때문에 되도록 폭력을 자제하지만, 강간의 경우에는 결국 폭력으로 끝나게 됩니다. 어쨌든 억제는 브레이크에 불과해요. 자제일 뿐인 거죠. 욕망에는 분노가 있습니다. 허기에는 다름 아닌 파괴가 도사리고 있는 것처럼 말이지요. 털이 보송보송하고 윤기 없고, 울퉁불퉁하고 빨간 나무딸기 열매들은 어디 있나요? 하얀 가루에 덮인 거무튀튀한 월귤나무의 장과(漿果)들은요? 여러분이 입안에 넣은 포도송이의 금빛 알갱이들은 어디 있나요? 그것들은 내가 형언할 수 없는 어둠 속으로 내려갑니다. 동이 트는 첫 순간 숲속의 빈터를 달리던 암사슴은 어디 있나요? 황야의 풀밭에서 행복에 겨워하며 밤새도록 깡충거리던 어

68

린 토끼는요? 일단 그것들이 구워지는 숯불에서 맛있는 냄새가 사라지면, 말로 형언할 수 없는 어둠이 그것들을 집어삼킵니다. 따라서 그 어둠은, 연인들이 서로 몸을 스치며 한 사람은 얼굴 위로 치마를 들어 올리고 다른 사람은 발밑으로 바지를 내릴 때의 여명에서 새어든 빛이 아닐까요. 그때 우리보다 선재하는 최초의 어둠이 ── 우리에게 그러하듯 ──그들에게 귀환하는 거예요. 바로 우리 어머니들의 어둠이지요. 그 어둠은 알몸들 위로 차츰 퍼지다가, 엄청난 파도로 솟구치면서 옛날에 그곳에서 수태된 육체를 알 수 없는 힘으로 덮치고, 다시에워쌉니다. 그때 연인들은 눈을 더욱 꼭 감지요. 좀더 쾌락을 느끼려고요, 옛날 세계로 완전히 침잠하려고 말이죠. 옛날 세계는 그들의 영혼을 소환하여 완전히 분리시켜 어둠과 융합을 이루게 한답니다."

III

(Wo Europa anfängt? 유럽은 어디에서 시작되는가?)[1]

1. 피레네의 고개들

프랑크 군대가 에스파냐에서 퇴각해야 했을 때, 도시국가 코르도바를 다스리던 에미르[2]가 왕에게 요청했던 원군을 단념했을 때, 오스만 벤 알리 나사[3]가 에우데스 공작과 체결했

---

1) 일본 작가 다나카 요코(多和田葉子,1960~)의 작품 제목으로 '유럽이 시작되는 곳' 혹은 '유럽은 어디서 시작되는가?'라는 의미의 독일어. 다나카 요코는 에세이 산문, 희곡 등을 일본어와 독일어로 집필하고 있다.
2) 에우데스의 사위이자 갈리아 남서부의 총독으로 있던 무슬림 오스만 벤 아비네. 프랑크족과의 동맹을 믿고 안이하게 방어하던 중 아브드 알 라흐만의 공격을 받았다.
3) Othman ben Ali Nassa(?~731): 8세기 스페인 정복에 참여했던 베르베르족의 수장. 에우데스와 동맹을 맺으면서 자신의 딸을 에우데스와 결혼시켰다.

던 협약을 파기했을 때, 그리하여 병사들이 말과 수레 들을 이끌고 피레네 산맥을 넘어 프랑스로 회군하고자 강행군을 시도했을 때, 그들은 노래 부를 심정이 아니었다. 그들은 신성한 짐승들[4]에게 조심해서 산길을 걷도록 낮은 소리로 타일렀고, 고삐도 살살 끌어당겼고, 암벽에 바싹 붙어 걸었다.

전나무는 구름이 선호하는 나무다.

전나무는 구름을 향해 서슴없이 정수리를 밀어 올린다. 구름이 오고 떠돌다가 다가와서 나무에 걸린다. 갑자기 짓누른다. 그들은 믿을 만한 친구이며 분명 경이로운 연인이다. 구름을 가르며 드러난 전나무의 뾰족한 정수리, 몸통, 줄기, 껍질은 더욱 높아져서 구름의 신비로운 천을 붙잡아 쥐려고 한다. 그러자 구름이 습기로 나무를 에워싼다. 열정적으로, 아무튼 매우 빈번히, 몹시 반복적으로.

구름이 다시 몰려온다. 더욱 무겁게 짓누른다. 비가 되어 흐른다. 충실한 연인이다.

구름은 빛을 싫어한다.

구름은 신비하게도 하늘이 만들어내는 눈〔雪〕을 좋아한다.

731년 스페인 코르도바 총독인 아브드 알 라흐만에게 살해당했다.
4) 말은 프랑크인들에게 경배의 대상이었다.

몸의 절반이 구름 속으로 들어가자, 프랑크 병사들의 얼굴과 긴 너리칼은 보이지 않았다. 말들의 멋진 갈기 역시 보이지 않았다.

778년 8월 15일, 성모 마리아의 축일인 그날, 롱스보 협곡에서 안개로 변한 더운 구름 속에서 집사 에기하르트와 브르타뉴의 변경백 롤랑과 궁정 백작 앙셀므가 전사했다. 바스크인들이 석궁으로 쏜 돌에 맞아서 죽은 것이다.

2. 출생의 여신들

브르타뉴 변경백 롤랑의 전사 소식을 전해 들은 오드는 얼굴에서 핏기가 사라졌다. 그녀는 그 자리에서 오른쪽으로 세 바퀴를 돌고 나서, 마치 예수가 최후의 날 골고다 언덕에서 왼쪽 얼굴 쪽으로 쓰러졌듯이 왼쪽 옆으로 쓰러졌다.

그녀는 죽었다.

사르가 예언했다.

"여신이여, 당신에겐 이제 사냥꾼이 없다오.

가시오, 여신이여, 인간에겐 죽음을 바라볼 권리가 없으니까!

그대는 악타이온[5]이라 불리는 사제의 욕망을

감히 똑바로 바라보지 못했던 것처럼,

당신을 향해 곤두선 그의 페니스도 똑바로 쳐다보지 못했소.

죽음을 바라보는 시선이 결여된 탓에

당신은 그토록 욕망에 겁을 내는 이상한 여신이로군요!

오 여인이여, 당신은 세상에서 오직 출생과 어린애만 보기
를 원하는구려!"

3. 아르트니의 사랑들

산은 높으면 높을수록 더욱 하늘의 냉기와 접촉한다. 결빙
으로 산이 갈라질수록 산의 암석들은 끝이 부서지면서 얼어
더욱 잘게 쪼개진다. 파편들이 경사면으로 굴러 내린다. 비가
파편들에 구멍을 낸다. 가장 큰 덩어리는 급류로 인해 깨진 다
음에 차츰 작아진다. 산봉우리에서 미끄러져 내린 눈은 바닥

---

5) 테베의 영웅이며 사냥의 화신. 어느 날 사냥에 나섰다가 우연히 목욕하는 아
르테미스를 보게 된다. 불같이 화가 난 여신은 자신의 알몸을 본 사실을 누설
하지 못하게 목소리를 빼앗고, 만일 말하려고 하면 그 순간 사슴으로 변하게
하겠노라고 한다. 악타이온은 멀리서 들리는 동료들의 부름에 대답을 하려다
가 사슴으로 변한다. 그리하여 자신의 사냥개들에게 갈기갈기 찢겨 죽는다.

에 쌓여 빙하가 된다. 빙하 자체가 자신을 품은 움푹한 골짜기의 내벽 면을 밀어서 압박한다 빙하는 차츰 내벽 면을 둥근 계곡으로 만든다. 거기서 강들이 흘러나온다. 강들은 마침내 산허리 아래쪽 골짜기에 서서히 큰 고랑이 파이게 한다.

이렇게 해서 산들이 우뚝 서고 자연이 새겨진다.

이렇게 해서 산의 규모가 클수록 고도는 높아지고, 침식이 심해지고, 측면이 들쑥날쑥해지고, 빗물의 흐름도 더욱 격랑을 이루며 하얗게 보인다.

이 세계 안의 파편은 번개이다.

멀리서 산을 바라보면, 소나무에 쏟아지는 빗물이 산봉우리에 덮인 눈처럼 하얗게 보인다.

옛날에, 저 산 너머에, 아랍 영토인 안달루시아에 아르트니가 애지중지하던 두 살짜리 검은색 암말이 있었다.

그는 한동안 남자들에 대한 사랑을 포기하고, 여자들도 더이상 사랑하지 않고, 어치마저 돌보지 않았다. 그리고 말에게 애정을 품었다. 그동안 아르트니 왕자는 줄곧 이폴리트 성인을 본보기로 삼았다. 이폴리트 성인은 자기 말들과 함께 바다에 빠져 죽고 싶어 했는데, 매끈하고 납작하고 겁에 질린 인간의 얼굴보다 말의 얼굴이 훨씬 아름답게 여겨졌기 때문이다.

아르트니는 나무와 숲, 해변과 모래언덕, 황야에 사랑을 쏟아부었던 고대 영웅을 숭배하기 시작했다.

그러자 카오스, 붕괴, 동굴과 그 궁륭, 산울림, 산에 부딪혀 되돌아 부는 바람에 매료되었다.

아르트니는 무엇보다 고독을 선호하는 노련한 대가였다. 한 손만으로 충분히 쾌락에 이를 수 있을뿐더러, 곧 노래가 터져 나올 때까지 쾌락을 배가시킬 수도 있었다.

아르트니는 서슴없이 아르테미스를 사랑하노라고 선언했다. 여신의 알몸과 여신을 에워싼 침묵이 쾌감과 헐떡임, 비명보다 더욱 마음을 사로잡았기 때문이다.

마침내 아르트니는 야생 본연을 사랑하는 이가 되었다. 무리를 이룬 사람들의 주장처럼 종말이 오면 기독교 기사들을 에워싸게 되리라는 미래의 지복이나, 심지어 영원보다 기원에 더 끌렸기 때문이다.

이폴리트 성인은 예전에 이렇게 말했다. "우리에게는 각자 제 몫의 세상만 있습니다. 궁정과 대중의 관계는 물을 위해 물고기들이 만들어지는 것과 같지요. 새들이 무한한 하늘의 허공으로 날아오르고 싶어 하듯이, 뛰어오르는 고양잇과 동물들이 접근하는 사람들에게 불안한 눈길을 던지며 외따로, 홀로, 말없이, 제 털을 핥듯이 나는 야생의 마음을 지니고 있답니다. 나는 그늘진 구석을 좋아하는 수국과 같습니다. 제 둥지의 주소를 겨우 부르짖는 말똥가리와 같습니다. 나는 거짓

말을 하는 이들과 우리를 유인하고자 거짓으로 운명을 지어내는 죽은 노파들에게는 말을 하지 않아요. 세상의 어느 누구도 속이지 않으며, 그 무엇인 척도 하지 않는 사람은 어디에도 존재하지 않습니다. 그는 단순히 세상과의 접촉을 거부했던 것에 불과해요. 아버지, 나는 당신을 사랑하지 않습니다. 남자를 사랑하지 않으니까요. 마찬가지로 아버지, 당신의 아내도 탐하지 않았습니다. 여자를 멀리했으니까요. 사랑의 자세라곤 주랑(柱廊) 벽의 그림에서 본 것뿐이에요. 궁을 차지할 욕심에 당신이 죽기도 전에 왕권을 탐하지도 않았고요. 이 모든 당신의 가정은 터무니없으며, 부질없이 나의 품격을 떨어뜨리려고 합니다. 당신의 거처에 군림하기에는 위병들이며 하녀들, 인사(人士)들, 불평거리와 거북함이 지나치게 많습니다. 나를 향한 시선도, 내게 머물고 관찰하고 비판하는 시선도 나는 싫습니다. 도시국가들, 굴종을 요구하는 권력, 품위를 훼손하는 노예 상태, 원한과 분노에 찬 명령이 싫습니다. 나는 고독이 좋고, 재갈도 고삐도 굴레도 안장도 편자도 없는 말들이 좋아요. 말들의 멋진 몸매가 좋습니다. 흐르는 강물이 좋습니다. 우리가 그 물에 뛰어들면 새로운 알몸으로 나오니까요. 최초의 날처럼. 태어나는 중임을 알아채느라 열심인 그 날처럼."

4. 벨레로폰[6] 왕자에 대하여

머리부터 떨어져 낙마(落馬)한 이는

(*ab equo præceps*)

두 눈을 잃었고

두 다리가 부러졌고

아름다움 속에서 죽었다

알레이아 평원에서(*in Aleia*)

죽음에 이르렀다

흐르는 모래 속의 이폴리트처럼

바나의 파도에 구르는 그의 머리처럼.

6) Bellerophon : Bellerophontes라고도 한다. 그리스 신화의 영웅. 죄를 짓고 아르고스의 왕 곁에 피신해 있던 그는 자신에게 반한 왕비의 사랑을 거절한다. 왕비는 오히려 그가 자신을 농락하려고 했다고 왕에게 고했고, 왕은 그를 죽이라는 편지 한 장과 함께 그를 리키아의 왕 이오바테스에게 보냈다. 이오바테스는 그를 죽이는 대신 괴물 키마이라를 물리치라는 숙제를 냈고, 벨레로폰은 날개 달린 천마 페가수스를 입수하여 괴물을 죽이는 데 성공했다. 나중에 그는 페가수스를 타고 천계로 오르다가 제우스의 노여움을 사서 번개를 맞아 죽었다고도 하고, 말에서 떨어져 불구가 되었다고도 전해진다.

5. 티그리스 강 위의 램프

778년 변경백 롤랑이 산중턱에서 죽있다. 말도 죽었으므로 소나무에 등을 기댄 채였다.

778년 8월 중순 브르타뉴의 변경백이 숨을 거두는 순간 궁정의 정원에는 서서히 어둠이 내렸다. 칼리프 하룬 알라시드[7]는 갑자기 목구멍이 죄어드는 원인 모를 불안을 느꼈다.

그는 고함을 지르기 시작했다. 자파르 르 바르메시드 대신을 불러 이렇게 말했다.

"외출을 해야겠다. 잠을 잘 수도 없고, 그냥 있을 수도 없어. 내 안의 뭔가로 인해 마음이 갈기갈기 찢기는구나! 궁전 밖으로 나가자!"

그들은 옷을 입었다. 노예들에게 옷을 벗으라고 명령하고는, 자신들을 알아보지 못하도록 누추한 차림새로 위장했다. 그리고 경비병들의 지하 통로를 이용해 티그리스 강변으로 나왔다.

티그리스 강 위에 배를 탄 노인이 보였다. 그를 불렀다.

"이름이 무엇이냐?"

"아귀스라고 합니다." 아귀스가 대답했다.

7) 27쪽 주 14 참조.

그는 매우 고령이었다. 가까스로 그들을 향해 고개를 돌렸다.

"아귀스, 밤 동안 우리를 태워다오. 이 디나르[8]는 수고비다. 그리고 이 디나르는 램프의 기름 값이니 받아라."

"아닙니다. 하룬 알라시드가 세상을 다스리는 한 감히 불을 밝히고 강 위를 떠다닐 만큼 무모한 자가 어디 있겠습니까?"

하룬 알라시드는 외투를 열어젖혔다. 허름한 외투 안에서 태양처럼 번쩍이는 긴 옷이 드러났다.

"내 말대로 하지 않으면 죽음을 면치 못하리라."

매우 연로한 뱃사공은 하얀 수염을 쓸어내렸다. 하지만 오래 생각할 겨를조차 없었다. 칼리프 하룬 알라시드가 난폭하게 따귀를 때렸기 때문이다.

그러자 아귀스는 비틀거리며 배 바닥에서 일어섰다. 램프에 불을 켜고, 돛대에 박힌 갈고리에 가까스로 램프를 걸어 고정시키고는 바닥에 놓인 의자에 앉아 키를 잡았다. 이리하여 그들은 어둠을 가르며 새벽까지 강을 따라 항해했다.

돌아오자, 바그다드의 형리인 마즈루르가 늙은 뱃사공 아귀스의 목을 베었다.

8) 고대 아라비아의 금화.

6. 여자용 수레의 왼쪽 바퀴 아래

반[9]의 백작이며 브르타뉴의 변경백 루오들란누스(롤랑)에 관해서는, 죽은 말 옆에서 혼신의 힘을 다해 올리팡[10]을 불어 대도 아무런 소리도 나지 않았다는 이야기만 전해질 뿐이다. 칼리프 하룬 알라시드에 관해서는, 해가 지고 밤이 되어 불안으로 목구멍이 조여들 때 그의 불면증을 달래준 것은 지어낸 신기한 이야기들뿐이었다고 한다. 프랑크족의 왕[11]에 관해서는, 그가 에스파냐 원정에서 돌아오자 이상한 소문이 떠돈다. 때는 8월, 무더위 속에서 왕이 선두에서 부대를 이끌며 피레네의 지맥(支脈)에서 돌투성이의 험한 산길을 행군하는 중이다. 먼지가 자욱한 길에서 갑자기 황제는 이 돌에서 저 돌로 폴짝폴짝 뛰는 갈색 청개구리를 보게 된다. 샤를마뉴 황제도 칼리프 하룬 알라시드처럼 '울부짖는다hurler.' 하지만 프랑크족에게 'hurler'란 아주 다른 의미여서, 프랑크인들의 언어로는 늑대 특유의 울부짖음을 뜻한다.

황제는 울부짖고 나서 말의 고삐를 당긴다. 말이 멈춰 선다.

---

9) 38쪽 주 30 참조.
10) 롤랑의 뿔나팔. 롤랑은 오른손에 명검 뒤랑달, 왼손에는 뿔나팔 올리팡을 들고 황금 갑옷을 두른 애마 베이얀치프를 타고 전장을 누볐다고 한다.
11) 샤를마뉴를 가리킨다.

그가 다시 한번 울부짖자, 그 즉시 뒤쫓아 오던 여인들의 수레가 멈춘다.

그는 진정으로 울부짖는다. 목청껏, 늑대처럼.

애석하게도 고함 소리 혹은 두번째의 '늑대의 울부짖음'은 부질없는 것이 되고 만다.

좁다란 산길에서 반짝이는 쇠테의 왼쪽 바퀴 옆에 자그만 청개구리가 으깨져 있다. 황제는 망연자실한다.

부대 전체가 멈춰 섰다. 황제는 말 위에서 흐느낀다.

테오트라드가 수레에서 내려 아버지에게 다가간다.

테오트라드가 말한다.

"울지 마세요, 아버지. 늪과 호수에는 이런 것들이 수백 마리나 있을 텐데요."

"늪과 호수에는 개구리들이 많을 게다. 하지만 이건 내가 구하지 못한 개구리란다." 샤를이 딸 테오트라드에게 대답했다.

그의 딸 지젤(지젤드루디스)이 와서 아버지의 손을 잡았다.

그의 딸 에멘은 아버지 옆에 아무 말 없이 뻣뻣하게 서 있다.

그의 딸 베레타가 다가와 무릎을 꿇더니, 손으로 작은 갈색 희생물을 움켜쥐며 말한다.

"물이 든 사발에 넣어볼래요. 제가 돌볼게요. 혹시 살아나지 않을까요?"

"알몸이 완전히 납작해진걸."

"모든 개구리가 다 납작하고 알몸이에요."

"다시 말하지만 이 개구리는 모든 개구리가 아니란다."

"물냉이 이파리를 줘볼래요." 지젤이 말한다.

"산에 가서 작은 장과(漿果)를 구해다가 우유를 좀 섞어 제 손으로 직접 요리를 해서 줄래요." 에멘이 말한다.

"예감이 좋지 않아. 왠지 개구리가 죽었다는 생각이 드는구나." 황제가 딸 베레타에게 말한다.

밤이 되어 야영 캠프가 설치되고 모두가 잠들었다. 그는 딸 베르트의 천막 아래 놓인 사발에 든 개구리 환자를 찾아갔다. 개구리는 여전히 죽어 있었다. 이미 축 늘어져 생기가 없었다.

그러자 황제는 이렇게 언명했다.

"밤이 되어 달이 뜨자, 나는 덤불이며 바위 틈새에 달라붙은 가냘픈 나무들 밑에서 너를 찾았다. 너 같은 개구리는 어디에도 없더라."

그때 황제의 머릿속에 아르트니라는 이름의 손자가 떠올랐다.

그런데 그의 등 뒤쪽의 텐트 그늘에 딸이 서 있었다.

"개구리를 어루만져보세요!" 딸이 권했다.

황제는 물을 쏟아버리고, 여인들의 수레 바퀴에 깔렸던 자그만 개구리를 손에 잡았다.

양 팔이 넓게 벌어져 있었다.

손가락들은 지극히 작았다.

어두워서 개구리의 형체가 잘 보이지 않았다.

양 팔이 벌어진 자그마한 개구리를 손바닥에 놓고 연신 어루만지면서 그는 텐트 밖으로 나왔다.

보름달 빛을 받은 개구리를 바라보았다.

그리고 미소 지었다.

"우리 모두가 냉혹한 전사들은 아니지요." 베레타가 혼잣말처럼 중얼거렸다.

아인하르트[12]는 831년 젤리겐슈타트[13]에서 집필한 『위대한 카롤루스의 삶』에서 이 이야기를 기술했다.

7. 세이렌의 노래

갑자기 세이렌의 날카로운 외침이 들렸다. 그는 똑바로 키를 잡았다. 다가갔다. 새가 아르트니의 머리 위를 나는데도

---

12) Eginhard(770?~840): 프랑크 왕국의 역사가. 중세 최초의 전기인 『위대한 카롤루스의 삶Vita et gesta Caroli magni』과 『경건왕 루트비히』의 저자.

13) Seligenstadt: 독일 남부에 위치한 오래된 도시. 카롤링거 왕조의 주요 도시였다.

그에게 어머니—혹은 자신의 내면에 도사린 더 나이 든 여인—같은 무엇이 속삭였다. "멈추지 말고 지나가라!" 어쨌든 평생 동안 멈춘다는 생각을 해본 적이 없는 남자였다. 그는 세이렌의 섬을 두 바퀴 돌고 나서 떠났다. 잠시 후 키를 놓아버렸다. 배가 물결치는 대로 흘러가게 두었다. 바람 부는 대로 가게 두었다.

8. 사랑의 뺨, 귀 그리고 비단들에 대하여

바르셀로나의 총독 술라이만 벤 알랄라비Sulayman ben Al-Arabi는 빌라드알리프랑Bilad-al-Ifrang(프랑크족의 나라)을 떠나기로 결정했다.

사르가 즉시 사랑에 관한 노래를 불렀다.

"사랑은 더 빈번해진 시선으로 시작된다네.

어느 날 손가락들이 조심스럽고 느리게, 수줍고 은밀하게, 말없이 눈앞에 마주한 상대방의 팔을 잡게 되지.

또 어느 날 손바닥으로 상대방의 손등을 껍질처럼 감싸 오므리면

상대방도 감싸인 손을 빼내지 않아.

신비하게도 육체들이 단번에 불현듯 더 가깝게 느껴지네,

전혀 다가서지 않았건만.

어느 날 움직일 필요도 없이 영원히 가까운 듯 여겨지네.

그러면 입이 귀에 바싹 다가가 모든 말을 다 털어놓지.

입이 검거나 갈색인 머리칼로 미끄러져 들어가 속삭인다네.

입술이 일종의 비단에 섞이지만 야릇한 조가비는 건드리지 않아.

어느 날 드디어 육체의 모든 부위와 비길 만한 한 부위에 눈길이 머물게 되지.

그날은 사랑이 있는 유일한 날이라네.

그날은 옷들이 거치적거려.

그날은 육체가 너무 뜨거워 타오를 것만 같아. 눈에는 물기가 돌아 촉촉해지고. 다리 사이의 열기가 배를 타고 오르다가 배꼽을 넘어 상반신에 이르러 내밀어진 젖가슴에 다다르고 시선까지 올라와 동공을 확대시켜. 목소리는 저음으로 그윽해지고, 손목은 소매를 벗어나고, 손가락들이 육체들 사이를 스치는 공기 속으로 나와 매듭을 풀고 버클을 풀고, 단추를 풀고, 열어젖히고 애무하지. 그것들은 부드러운 것을 움켜쥔다네."

9. 물고기를 낚아채는 새

고원에 우뚝 선 풍화된 바위가 커다란 형상을 이루고 있었다. 물고기를 낚아채는 구부러진 부리의 맹금의 모습이었다.

"어부를 구원하시는 그리스도"의 모습이라고 니타르 왕자를 가르칠 때 루키우스 수도사가 설명했다.

아르트니가 말을 사랑했다면, 니타르는 조부처럼 새를 사랑했다. 그의 조부는 독수리, 매, 참매, 큰매, 작은 매, 난추니,[14] 쇠황조롱이를 좋아했다.

루키우스 수도사는 마르쿨 성인의 샘이 있는 숲의 산길에서 발견한 검은 새끼 고양이와 사랑에 빠졌다. 녀석은 수도원의 채소밭 위쪽에 있는 독방들과 현관들의 편편한 돌 지붕을 제 영역으로 삼았다.

어린 고양이는 주인에게 참새를 한 마리씩 잡아다주었다.

루키우스 수도사는 즉흥시를 읊었다.

"떼 지어 맴도는 열광적인 거대한 무리여,

너희는 하늘에 야릇한 글씨를 쓰누나.

하느님만 아실 테지.

이윽고 창백한 빛 속으로 사라지기에 앞서

---

14) 매의 수컷.

이제 너희는 바다에서 오는 비의 장막으로 사라지누나.

하지만 어느 날,

날아서 떠나가는 너희,

태양이 가리키는 대로 예서 먼 섬으로 여정을 떠나는 너희,

인간 세상 너머로 올라가 끝내 하늘로 사라져버리는 너희,

하지만 어느 날,

너희는 돌아오려니

동일한 바위 틈으로

완진히 동일한 은신처로

세월에서 유일한 봄의

작디작은 모퉁이로.”

아르트니는 어느 날 건장함에 매료되어 한 남자를 사랑했다.

어느 날 부드러움에 매료되어 한 여자를 사랑했다.

어느 날 아름다움에 매료되어 말을 사랑했다.

어느 날은 코르도바에 있었다. 어느 날은 상스에 있었다.

어느 날은 레이캬비크[15]에, 어느 날은 글렌덜록에, 어느 날은

아클로[16]에, 그다음에는 더블린에 있었다.

15) Reykajavík : 아이슬란드의 수도.
16) 22쪽 주 8 참조.

어느 날은 프륌[17])에, 어느 날은 바그다드에 있었다.

어느 날은 로마에 있었다.

어느 날은 보스포루스[18])에서 레안드로스[19])가 마르마라해로 뛰어내리던 탑 앞에 있었다.

오늘은 그가 림노스[20]) 섬을 사랑한다.

하지만 떡갈나무의 도토리를 밀 낱알보다 더 좋아하는,

푸른빛 꼬리 깃털에,

끊임없이 움직이는 까만 도가머리와 몹시 껄끄러운 목소리,

새하얀 선골부(仙骨部)[21])를 지닌 어치만은

어디든 그가 가는 곳마다 따라다니며,

갈고리 같은 부리를 벌려 그의 목소리를 흉내 내고,

---

17) Prüm: 독일 북서부의 도시.

18) Bosporus: 터키의 이스탄불을 동서로 나누는 해협.

19) Leiandros: 그리스 로마 신화의 인물. 헬레스폰토스 해협을 사이에 두고 아비도스의 청년 레안드로스와 건너편 세스토스 섬의 처녀 헤로는 사랑하는 사이였다. 하지만 헤로가 아프로디테 여신의 사제인 까닭에 그들은 남몰래 사랑을 나누어야 했다. 레안드로스는 매일 밤 헤로가 자기 집의 탑 위에 밝혀두는 등불에 의지하여 해협을 헤엄쳐 건너가 헤로와 만나고 날이 밝기 전에 돌아오기를 계속했다. 그러던 어느 날 밤 갑작스러운 폭풍으로 등불이 꺼져 해협을 건너던 레안드로스는 어둠 속에서 길을 잃고 물에 빠져 죽었다. 다음 날 아침 레안드로스의 시체가 헤로의 탑 바로 아래까지 밀려왔고, 이를 본 헤로는 슬픔을 이기지 못해 탑에서 몸을 던져 죽었다고 한다.

20) Limnos: 렘노스Lemnos 섬이라고도 한다. 에게해 북부에 있는 그리스의 섬.

21) 새의 꼬리 깃털이 나는 부분.

날개가 이끄는 곳으로 그를 데려간다.

10. 림노스 섬의 암말에게 고하는 작별

아르트니가 늙은 샤먼에게 대답했다. 이름이 사르이고, 한 번도 솜 만의 절벽을 떠난 적이 없으며, 이따금 그의 욕망을 비난하면서도 그가 나타나는 즉시 입으로 만족시켜주는 그녀였다.

"무슨 근거로 비[雨]가 불운하다는 건데?"

예전에도 그는 종종 이런 질문으로 응수했다. 그가 열네 살에 불과했고, 잊을 수 없을 만큼 푸르디푸른 그녀의 두 눈이 아직 건재할 때였다.

"내게 당신을 줘요. 나이 따윈 잊으라니까!"

그녀가 대답했다.

"늙은 암늑대가 시간을 잘게 끊어내게 두려무나. 사랑하는 네 동생이 토막 내야 할 시간이니까. 동생이 왕을 위해 상당량의 시간을 운용하게 두렴. 집필하는 『역사』에 생동감이 느껴지게 열정적인 순간들로 시간을 재단하게 두란 말이야. 그의 모습이 보이네. 시간 깊숙한 곳에서 자기 좌석에 앉아 있군! 회양목 나무 테의 돋보기를 코에 걸친 그가 벌써 보인다니까!

새파랗게 젊은 왕 옆에서 가죽 책에 두 손을 얹고 제후처럼 앉아 있는걸."

그가 답했다.

"거위의 하얀 깃털은 그에게 주고, 어치의 검푸른 깃털과 눈처럼 하얀 올빼미의 배는 내게 줘요! 마지막으로 당신의 하얀 털에 덮인 아랫배를 열어줘요. 내가 빨려 들어가게요. 밤마다 우리 안에서 세상이 최초의 어둠에 파묻히는 건 좋은 일이니까요! 우리 각자가 태어나기 전처럼 말이에요. 예전에 당신은 분만을 도왔으니까 내가 나중에 태어났다는 사실을 아시잖아요."

노파 사르, 세월이 갈수록 점점 더 늙어가는 사르는 그의 말을 자르지 않았다. 그저 감정이 드러나지 않도록 표정을 관리했다. 그 후 두 눈을 잃게 되자, 오직 그가 떠나는 소리가 들릴 때를 기다렸다. 먼 곳에서, 죽은 두 눈으로 울기 위해서.

40년 후 아르트니는 림노스 섬의 암말을 두고 떠나면서 아무 말이나 하고 싶었다. 그래서 이렇게 외쳤다.

"오, 해변의 모래여!

곰들, 개들, 사람들, 사슴들, 말들, 암사자들, 사막의 표범들을 뒤쫓으면서

네가 날렵한 사냥개들과 넘었던, 오, 산들의 거목들이여!

조련받는 망아지들의 발굽 소리가 가득한
림노스 섬의 원형경기장에서
너는 베네티족[22]의 암말들을 더 이상 몰 수 없겠지!"

추위가 한결 심해졌다. 동절기에는 암말들의 새끼 모두를
생마르탱 섬[23]에서 피신시켜야 했다. 그는 새끼들을 그 지역
농부들에게 맡겼다. 그러고 나서 하늘의 야생 기러기를 쫓아
다니는 습성을 지닌 어치를 따라 떠났다.

11. 세네카의 원

전혀 손을 의식하지 않으면서 계속 글을 써내려가다가 문
득 이상하게도 혹사당하는 파리한 손이 눈에 띄는 수가 있다.
그래도 검정이나 선명한 빨강 잉크를 찍어 세 손가락으로 글
자들을 계속 기입해나간다.

어느 날 넓적하고 보드라운 초록색의 포도나무 잎사귀가

---

22) 고대 골 민족.
23) 영어식 발음으로는 세인트마틴 섬. 프랑스와 네덜란드가 영토를 공유하는 작
  은 섬. 중앙아메리카의 카리브해 북동쪽에 위치해 있다. 프랑스령인 섬의 북
  쪽은 '생마르탱 섬'으로 불린다.

구겨지고 얇아져 바슬바슬 휘어진 붉은 종이처럼 된다.

이제는 쫙 퍼지지 않는 볼품없는 옛날 손바닥.

아직 잉크의 핏빛이 약간 남은 구깃구깃하고 추레한 잎사귀.

주름이 자글거리지만 텅 빈 지면.

비틀어서 불에 넣으면

땋은 머리가 시작되는 곳에 보이는 사랑스러운 쇄골과 매혹적인 뼈의 한 구석처럼 좋은 냄새가 나는

아르메니아의 종이.

갠지스 강변에 핀 연꽃의 서로 맞물린 세 겹의 매끄러운 꽃잎.

두 강 사이의 점토. 중국산 하얀 종이. 산형화서[24]인 파피루스는 우선 달라붙고, 둥글게 말리고, 오므라진다. 그러다가 어느 날 꽃잎이 열리면서,

하품하듯 틈이 생기고,

가혹한 굶주림에 못 견딘

악어의 무지막지한 턱주가리처럼 벌어지다가, 거무튀튀한 큰 문(門)이 해체되듯 분해되어 흐릿한 나일강의 수면 위로 떨어진다.

24) 무한꽃차례의 일종으로 화축을 중심으로 같은 지점에서 작은 꽃자루를 지닌 꽃들이 방사상으로 뻗어나가는 식물.

아르트니와 니타르, 에우데스, 그레구아르,[25] 프레데게르,[26] 앨퀸,[27] 아리울프,[28] 앙길베르, 아인하르트, 심지어 나중에는 베르나르,[29] 아벨라르,[30] 투롤,[31] 크레티앵,[32] 비용,[33] 베룰,[34] 르나르,[35] 프루아사르[36] 같은 큰 인물들 모두와 프랑크족 성직자들은 하나같이 수도원 부속학교에 입학한 첫날 배운 철학자 세네카의 금언을 입에 달고 다녔다. 루아르 강, 욘 강, 센 강, 솜 강, 캉슈 강[37] 뫼즈 강, 라인 강에 황제가 설

25) Grégoire de Tours(538~594): 투르의 주교이며, 10권으로 이루어진 『프랑크족의 역사 L'histoire des Francs』의 저자. 1권에서 4권까지의 요약이 『프레데게르의 연대기』에 실려 있다.

26) Frédégaire: 메로빙거 왕조의 역사인 『프레데게르의 연대기 Chronique de Frédégaire』의 저자로 알려진 7세기의 인물. 하지만 그가 실재 인물인지, 역사가인지 필사가에 불과했는지 전혀 확인되지 않는다. 이 책도 실제로는 여러 명의 공동 집필로 밝혀졌다.

27) Alcuin(735?~804): 잉글랜드의 스콜라 철학자. 카롤루스 대제의 초청으로 카롤링거 법정에서 선구적 학자이자 선생으로 활약했다.

28) Hariulphe(1060?~1143): 생리키에 수도원의 수도사이자 연대기 작가. 『생리키에 수도원의 연대기』를 썼다.

29) Saint Bernard de Clairvaux(1090~1153): 12세기 기독교 교회의 위상을 드높인 주요 인물. 개방적이고 독단적이지 않은 교회를 지향하던 아벨라르와 적대적 관계였다.

30) Pierre Abélard(1079~1142): 프랑스 철학자, 신학자, 수도사. 연인이었던 엘로이즈와의 서신이 담긴 서간집 『아벨라르와 엘로이즈의 사랑과 수도(修道)』가 있다.

31) Turold(1075~1100): 무훈시 『롤랑의 노래』의 저자로 추정되는 작가.

립한 이런 학교는 이후로 그 수가 늘어났다.

그런데 참으로 희한한 일이었다. 세네카의 말을 인용하려고 할 때면, 그들이 배운 첫번째 금언이 매번 입에 오르지 못하고, 불가해하게도 영혼의 비밀 깊은 곳에서 헤매는 느낌이 들었다. 마치 혀끝에서 맴도는 말 같아서, 숨결이 찾아내지 못하고, 앞니와 송곳니에도 걸리지 않고, 두개골 내부에서 결핍과 불안의 야릇한 삶을 이어가게 만들었다. 그들 가운데 가장 학식 있는(어쨌든 그가 으뜸인 까닭은, 지금 내가 글을 쓰는 언어를 처음으로 문자로 기록한 자이며, 어느 날 저녁 눈 내린 일 강[38]

---

32) Chrétien de Troyes(1130~1191): 12세기 프랑스의 시인, 기사문학 작가.
『트리스탄 이야기』, 『랑슬롯, 죄수마차를 탄 기사 *Lancelot, le chevalier de la charrette*』 등을 썼다.

33) François Villon(1431~1463?): 프랑스의 시인. 신부를 죽이고 도망쳤다가, 다시 절도 사건으로 도피 생활을 하는 등 파란만장한 일생을 보낸 것으로도 유명하다.

34) Béroul(1160~1213): 노르만계 영국인 시인. 『트리스탄과 이죄』의 원본을 썼다.

35) 르나르Renart에 관해서는 아무런 정보도 남아 있지 않다. 혹시 『여우 이야기 *Roman de Renart*』(1170~1250년 사이에 여러 문인이 제각기 고대 프랑스어 운문으로 쓴 동물 설화들을 모은 방대한 작품)를 집필한 익명의 저자들을 가리키는 것은 아닌지 추측해볼 뿐이다.

36) Jean Froissart(1337?~1405?): 프랑스의 연대기 작가, 시인.

37) Canche: 프랑스 파드칼레 주의 강으로 불로네와 피카르디 고원 남부에서 영국해협으로 흘러나간다.

38) Ill: 프랑스 알자스 지방의 강으로 라인 강의 왼쪽 지류.

연변에 세워진 막사에서 글로 기입함으로써 그 언어를 만들어낸 주인공이기 때문이다) 니타르조차 세네카의 말을 암송하기 힘들어서 두 번이나 고쳐 말해야만 했다. 마치 그 말에 대한 확신이 없듯이, 그 말이 그렇게 빨리 헤매기를 바라지 않듯이, 평가를 내리지 못한 채 그 말을 찬양하듯이, 그 말의 뜻도 모르면서 주절대듯이, 그 말의 하찮은 의미를 납득하려면 우선 입으로 한 단어 한 단어 베끼듯 발음해야 된다는 듯이.

성직자들, 사제들, 신부들, 주교들, 모두가 기억하느라 그토록 고생하는 세네카의 문장은 그럼에도 하찮고 간결하고 평범하며 단순했다. *Cibus, somnus, libido, per hunc circulum curritur.* (허기, 수면, 욕망. 이것이 그 안에서 우리가 맴을 도는 원이다.) 허기, 수면, 욕망은, 마치 공처럼 둥근 해가 원을 그리며 매일 다시 떠오르고, 그 원을 따라 사람이나 동물의 육체가 저마다 편력하는 것처럼 우리의 삶에서 순환한다. 이러한 것이 체계적 시간으로서 우리의 입과 머리와 배에 영향을 미친다. 하지만 이 단언은 거짓이다. 그렇다고 특별한 계시도 아니다. 하지만 니타르──형의 강박적인 그림자 같은 존재, 혹은 형의 모험에 대한 질투 어린 영혼, 사라진 그의 새가 수시로 깃드는 둥지 같은 존재──는 계속해서 그 사실을 망각했다.

아르트니로 말하자면 쌍둥이 동생이 얻고자 애쓰던 것을 실행하고, 오매불망 마음에 그리면서 이루지 못한 것을 완수하고, 선망하여 이루기를 기원하는 모든 것을 즉시 실현시켰다.

하나가 다른 하나에게 자신의 꿈을 완성시킬 몫을 남겼다.

한 사람은 잉걸불을 덮은 쇠창살로 얽은 통 뚜껑에 두 발을 얹어 따뜻하게 데우며 글을 썼다. 작은 오두막에서 아리울프[39] 수도사 옆에서였다. 검은 새끼 고양이와 함께 그리스어를 전사하는 루키우스 수도사 옆에서였다. 고양이는 그의 손 위로 올라와 거위 깃털을 들어 올리고, 책상 끝에 놓인 나이프를 살짝 건드려 요란한 소리를 내며 바닥에 떨어지게 했다.

다른 한 사람은 항해를 하고 말을 탔다. 세상의 다른 끝에서, 다른 쪽에서, 자신의 욕구와 두려움, 혐오와 수치를 실컷 경험했다.

Cibus, somnus, libido, per hunc circulum curritur.

이것은 순수 상태에서 돌아다니고 자고 달리는 고양이들의 지극히 단순한 삶이다.

머릿속에서 얽히면서 뱅뱅 도는 노래에 불과하다. 마치 발걸음을 이끌어 땅에 그림자가 생기게 하며 시간 속에 정류장을 제안하듯이 말이다. 동일한 밀어내기가 끊임없이 영혼을 밀어낸다. 게걸스러움과 탐식이 끊임없이 증오를 이끌고 조

---

39) 93쪽 주 28 참조.

종한다. 혈기가 끊임없이 악을 초래한다. 혈기란 검은 액체로서 사람이 증류하고, 재가열하고, 재증류하고, 개선시키고, 응축시키고 정화시키는 것이다. 악이란, 아르트니가 바다로 떠난 후에 니타르의 본보기였던 세네카의 기록에 따르면, 사람에게 속한 것이다. 갑오징어가 해저에서 생존을 위해 자신을 보이지 않게 위장하는 검은 피 같은 것이다. 미(美)는 무엇으로 쏠리는가? 어찌 감히 미라 말할 수 있는가? 미는 무엇을 향해 서둘러 가는가? 어찌 미의 표현을 혐오하지 않을 수 있는가? 에우데스의 영혼은 소용돌이치기 시작했다. 프레데게르의 영혼은 강렬한 공포로 가득 찼다. 앨퀸은 더욱 신중해졌다. 폴 디아크르[40]는 일종의 두려움을 경험했다. 그레구아르는 겁먹지 않았지만 배척했다. 종교적 규약에 관한, 사냥의 마법에 관한, 농부의 격언에 관한, 장인의 비결에 관한, 가족의 관습에 관한, 사회적 책무에 관한, 무수한 규정이 형성되는 유년기의 금기에 관한 엄청난 코덱스[41]가 있는 이유는 무

---

40) Paul Diacre(720~799): 이탈리아어로는 파올로 디아코노Paolo Diacono, 라틴어로는 파울루스 디아코누스Paulus Diaconus이다. 베네딕트파의 성직자이며 역사학자, 시인.

41) codex: 현대의 책과 비슷한 형태로 낱장을 묶어 표지로 싼 것을 가리킨다. 로마시대의 발명품으로 두루마리를 대체했으며, 유라시아 문화에서 책의 형태로 나온 최초의 것이다. 고전시대 후기부터 중세에 나온 필사본을 지칭하는 용어로 쓰인다.

엇인가? 누구나 약탈하고, 훔치고, 강간하고, 불 지르고, 게걸스럽게 넉어치우고, 죽이는 마당에, 대체 무슨 까닭으로 포식(捕食)의 강요를 위한, 허기의 관리를 위한, 갈증의 제한을 위한, 토지의 휴경을 위한, 경작을 띄엄띄엄하기 위한, 성욕의 억제를 위한, 경미한 과오와 치명적 죄악의 한없이 긴 목록이 있는가? 어떻게 자기 시대에 취할 행동을 완전무결하게, 혹은 도덕적으로, 혹은 자연이 우리를 솟아나게 하는 우연하고 자연스러운 '곳'과 무관하게, 혹은 그곳에 자손을 퍼뜨리는 무리 계보상의 측근들과 동떨어져, 우연과 두려움, 가능성이 제외된 상태에서 결정하는 게 가능하다고 믿을 수 있는가? 동물과 인간, 새 들의 삶은 몹시 거칠다. 그것은 매혹하고 이동하는 지칠 줄 모르는 기괴한 사냥이다.

반복되는, 심장을 뛰게 하고,

헐떡이고, 노래하는

야생의 달리기 같은 것이다.

12. 야생의 폭포 소리

어둠 속에서 예기치 않게 느닷없이 어느 올빼미chevê-che가 폭포 소리처럼 '우-hou 우 우 우' 울거나 다른 올빼미hulotte가

'위hu 위 위 위' 하고 네 번 연이어 우는 소리가 들린다.[42]

어둠의 이 새를 고양이라고도 한다. '올빼미 울음소리를 내는 고양이'라고 부르는 이유는 나무를 헐벗게 하고 대지를 움츠리게 하는 추위 속에서 새가 갑자기 '위'라는 야릇한 소리로 울기 때문이다.

그런 이유로 싱글과 더블, 실제 모습과 반영(反影), 자기 얼굴과 쌍둥이 형의 얼굴, 니타르와 아르트니, 유일본과 복사본 사이에서 정한 바 없이 그저 올빼미가 운다고 할 때는 'ululer(윌릴레)'라거나 'huer(위에)' 동사를 사용한다.

새들의 이름은 언어의 단어들처럼 자의적 관례를 따르지 않지만 간혹 그것에서 연유하기도 한다.

새들의 이름은 그들의 노랫소리에서 연유한다.

상이한 서체의 기호들처럼 얼굴도 정확한 특징은 아니지만 자주 그것에서 따오기도 한다.

올빼미effraie의 얼굴은 다른 어떤 동물이라도 **겁에 질리게 한다**effraie.

심지어 우리들까지도!

---

42) 저자가 올빼밋과의 새를 지칭하는 chouette, chevêche, hulotte, chouette hulotte et hulotante, effraie, chat huant 등을 섞어 쓰고 있는데, 이를 우리말의 적확한 명칭(금눈쇠 올빼미, 가면 올빼미 등등)으로 옮길 정보가 없어서 모두 '올빼미'로 옮기면서 원어를 병기했다.

올빼미effraie의 두 눈은 영원의 돌처럼 동그랗고 광택 없는 새까만 마노[43]이다.

등의 깃털이 나무껍질 색이라 이 고양이가 어둠 속에서 날면 보이지 않는다.

또 고양이처럼 우는 어떤 올빼미chouette-chat-huant는 동이 트기 시작하면 잠을 자려고 등을 돌린다. **우리에게 등을 돌리고 있는 한**, 자신이 선택한 배경에 흡수되어 사냥꾼이나 마녀, 곰이나 스라소니의 눈에 띄지 않는 한, 낮에 더욱 광대한 꿈에 빠져 있는 한, 설사 우리 코밑에서 잘지라도 우리는 나무껍질과 구분이 잘 안 되어 알아보지 못한다.

야릇한 새는 봄기운이 느껴지기 시작하면 입을 다문다.

단지 9월에서 2월까지만—비가 올 때부터 눈이 올 때까지만—올빼미chouette hulotte et hulotante는 황량한 들판에서 야릇한 '위' 소리를 내며 운다.

자연이 색채를 띠기 시작하고, 해가 둥근 천장 같은 하늘의 정점에 이르면, 고양이 울음소리를 내는 올빼미chat huant는 침묵을 지키기 시작한다.

43) 수정 같은 종류의 석영 광물.

올빼미hulotte가 사랑을 하게 되면, 어둠 속에서 아무런 소리 없이 사냥을 한다. 풍뎅이와 자벌레나방 무리를 잡아서 새끼 다섯 마리의 부리에 넣어준다. 새끼들은 오직 소리를 지를 뿐 아직 '위'라고 울지 못한다. 완전히 노래라 할 수 있을 만큼 제대로 된 소리로 노래하지 못한다.

13. 수도사 루키우스와 초상

사랑하는 이의 초상을 자신의 방 벽에 거는 것은 흐뭇한 일이다.

어느 날 혼자 있는 저녁이었다. 그는 사랑하는 고양이를 기다리다가 난상기(暖床器)[44]에서 꺼진 뜬숯 한 조각을 집어 자신의 독방 벽에 고양이의 초상을 그렸다.

고양이를 끔찍이 사랑하던 터라 초상화도 완벽했다. 벽 위에 뒷발로 앉아 새까맣고 아름다운 눈으로 그를 바라보는 어린 고양이의 모습이었다.

한결 푸근해진 밤에 고양이가 사냥을 나가면, 사방에서 지

---

44) 숯불로 침대를 따뜻하게 하는 기구로 긴 손잡이가 달려 있고 뚜껑에는 여러 개의 구멍이 나 있다.

저귀는 새들의 노랫소리를 쫓아가면, 새소리에 탐식의 쾌락보다 사냥 지체외 날렵한 방랑의 욕망이 깨어나면, 그의 품을 떠나 타일 바닥으로 뛰어내렸다가 창가로 뛰어올라 희미한 빛 속으로 사라지고 없을 때면, 그는 방에 있는 친구의 초상으로 사랑이 아니라 기다림을 달랠 수 있었다.

수도원장이 관례대로 수도사들의 독방을 순시하던 날, 원장은 그에게 초상을 지우라고 지시했다.

망연자실한 루키우스 수도사는 프랑크족의 해군 제독이기도 한 수도원장을 찾아갔다. 그는 어린 고양이의 초상에 온 정성을 기울였음을 내세웠다. 실물과 무척 닮게 그렸노라고 말했다. 그림을 지우라는 지시에 항의했다.

앙길베르 성인이 대답했다.

"왜 내게 항의를 하는 건가? 그리고 내가 왜 자네를 봐줘야 하지?"

"제가 이 그림을 좋아했고, 이 그림의 고양이를 좋아하기 때문에요."

"검은 고양이를 좋아하는 것은 우리 기독교 세계에선 환영받지 못할 일이오. 아마도 얼굴이나 털을 내보이는 것은 단도직입적으로 말해 악(惡)이라 생각되오."

"그렇지 않습니다. 하느님은 만물을 선하게 창조하셨어요. 어떤 것도 불행을 야기하지 않습니다."

"누가 불행을 야기한다고 말했나?"

"그렇다면 원장님, 그림을 왜 지우라고 하셨나요?"

"형제여, 야생 고양이에게 정을 품는 것은……"

"……야생 고양이가 아닌데요."

"고양이를 어디서 발견했소?"

"마르쿨 성인의 샘 지류가 바다로 흘러드는 숲에서요."

"숲에 사는 야생 고양이나, 산에 사는 살쾡이나, 동굴에 사는 곰에게 정을 품는 것은 예로부터 악마나 마녀의 주의를 끄는 일이오. 기독교인 형제보다 이단을 믿는 자를 선호하는 거라오. 어째서 두 갈래 혀를 가진 독뱀은 사제복 속에 숨겨주지 않으며, 어째서 라틴어로 *cancer*(게)라고 부르는 길고 시커먼 집게들이 달린 짐승은 독방에 숨겨주지 않는 거요?"

루키우스 수도사는 어찌할 바를 몰라 니타르를 찾아갔다. 니타르는 자신을 가르쳤던 옛 스승의 하소연과 아버지의 답변을 들었다.

그는 스승에게서 금빛 나무 테의 동그랗고 두터운 돋보기 안경을 벗겨 손에 쥐었다. 스승이 책을 읽던 책상 위에 안경을 내려놓았다. 그리고 몸을 굽혀 늙은 스승의 눈물을 닦아주었다.

루키우스 수도사는 수도원에서 으뜸가는 필경사였다. 라틴어는 물론, (수도원 필사실의) 필경대에 앉은 어느 수도사보다 그리스어 해독에도 뛰어났다. 그는 아르트니와 니타르에게 자신의 지식을 모조리 전수했다. 그들의 육체가 젊음으로 혈기왕성해지고 영혼이 다른 욕망들로 붐빌 때까지.

니타르는 아버지에게 스승을 변호하기로 마음먹었다.

하지만 앙길베르는 자신이 총애하는 아들에게 냉담하게 대꾸했다. 먼저 태어났고, 니타르란 이름을 직접 지어준 자식이었건만.

"그에게 경고하거라. 계속 고집을 부리면, 모래언덕이나 솜 강가에 세워질 화형대를 걱정해야 할 거라고. 필요하다면 나뭇잎이나 나뭇가지 잔해에 내가 직접 불을 지필 테다! 나는 수도원의 수도사 3백 명 가운데 검은 야생 고양이가 끼어 있지 않기를 바란다."

루키우스 수도사는 프랑크족 해군 제독이 내뱉은 협박에 분노했다. 제독을 미워하기 시작했다. 수도원의 아홉 개나 되는 어느 복도 끝에 앙길베르가 나타나면 즉시 그를 피했다. 밤이 되면, 고양이에게 야옹 소리도, 만족의 표시인 가르랑거리는 소리도, 그에게 제 몸을 비비며 내는 기쁨의 콧노래 소리도 되도록 낮추라고 애원했다.

14. 글렌덜록[45]의 알릴라

6월에서 9월까지 아르트니는 오직 그녀만을 생각했다. 한시도 그녀 곁을 떠나지 않았다. 그들의 육체는 서로 잘 어울렸다. 아르트니는 포도 수확기까지 글렌덜록 지역에 머물렀다. 포도 수확에도 기꺼이 참여했다. 그리고 키타라 반주에 맞추어 아일랜드 여자를 위한 사랑 노래를 두 편이나 썼다. 9월의 어느 날 아침 그녀를 품에 안고 말했다. 아침나절에 떠나겠노라고. 아르트니는 식사를 마치고 떠났다. 알릴라는 아무 말도 하지 않았다.

가족 앞에서 그녀는 눈물을 보이지 않았다. 수년이 지나도록 아무 말도 하지 않았다. 평생 자신의 아픔을 아무에게도 내비치지 않았다. 아르트니가 건립하여 엘뢰테르와 뤼스티크 성인[46]에게 바친 예배당 안에서, 황야의 덤불숲 뒤편이나 바람막이 암석 안에서 홀로 남을 때를 기다렸다가 울었다.

---

45) Glendalough: 아일랜드 위클로 주에 있는 빙하 계곡. 글렌덜록은 '두 개의 호수를 이루는 골짜기'를 의미한다.
46) 3세기 중엽 생 드니(디오니시우스)가 갈리아 포교를 위해 사제 뤼스티크(루스티쿠스), 조제(助祭) 엘뢰테르(엘레우테리우스)와 함께 로마에 파견되었다가 이교도에게 체포되어 세 사람 모두 몽마르트르 언덕에서 참수되었다고 전해진다.

때로는 무척 괴로웠다.

그럴 때는 사는 것조차 힘들었다. 자신이 뭔가 과오를 범했고, 그에게 충분히 마음을 주지 못했고, 사랑에 서툴렀던 것 같았다.

어떤 때는 좋은 냄새가 나는 존재가 옆에 있다는 느낌이 들었다. 그녀는 자기 옆의 이 존재와 함께 걸었고, 바닷가를 함께 거닐며 이야기를 했다.

또 어떤 때는 사라센의 고기 갈레트[47]를 만들면서 여러 가지 양념을 듬뿍 넣었다. 아르트니가 미식가였기 때문이다. 그래서 글렌딜록의 대저택에 머무는 동안 그는 종종 갈레트를 맛보고, 음미하고, 모조리 먹어치웠다.

그러고 나서 그의 유령은 다시 그녀 곁을 떠났다. 계절이 여러 번 바뀌었다. 알릴라는 지독히 외로웠다.

긴 세월이 흘렀다. 어느 날 밤 그가 돌아왔다. 물론 고요한 밤이었다. 머리부터 발끝까지 알몸인 그가 다시 꿈에 보였다. 밤마다 몸을 따뜻하게 하기 위해 그녀 옆에 와서 눕는다. 밤의 어둠 속에서 그가 다가올 때면, 그녀는 매번 다르게 신경 써서 옷치장을 한다. 몸단장도 한다. 온몸에 크림을 바르고 마사지

47) 둥글고 판판한 팬케이크.

한다. 속옷을 갈아입는다. 머리를 땋는다. 양쪽 귀에 귀걸이를 한다. 양 손목에 팔찌를 찬다. 단지 그를 볼 뿐만 아니라 그에게 말도 한다. 그도 그녀에게 대답한다. 예전에 보았던 여자를 여전히 찾아 헤매지만 허사라고 설명한다.

그가 그 여자를 찾지 못해 그녀는 내심 흡족하다.

침대 옆자리에 그의 존재가 느껴진다. 그가 몸의 깊고 내밀한 곳을 정말로 따뜻하게 해주는 바람에 이따금 애액(愛液)이 흘러나온다. 그녀는 글렌딜록의 자기 방에 혼자 있으려고 한다. 매일 밤 이 존재와 사랑을 나누기 위해서다. 그녀는 허벅지들을 밀착시키고 두 무릎을 턱까지 끌어올린다. 그녀는 행복하다. 거의 행복하다.

15. 유럽은 어디서 시작되는가?

사르가 예언했다.

그녀는 아르트니 앞에서 세상의 서쪽에 집결되어 어둠으로 통하는 대륙에 관해 다음과 같은 즉흥시를 읊고 싶어 했다.

"옛날 고릿적부터 황소가 사랑한 것은 여신이다.

그녀의 이름은 유로파Europa.

옛날에, 암소였던 그녀는 등을 돌리고, 뒷다리를 넓게 벌리고, 하늘의 뜨거운 페니스에 기꺼이 자신을 내주었다.

로마의 옛 주민들은 유럽Europe이 크레타 섬에서 납치된 페니키아의 공주였다고 즐겨 말했다.

하지만 유럽은 뫼즈 강과 라인 강 사이에 발도 들여놓은 적이 없다.

아르덴 숲을 밟아본 적이 전혀 없다.

진실은 이러하다.

살아가는 동안

유럽은 이스탄불도 에페수스도 결코 알지 못했다.”

16. 루키우스의 고통

어느 날 루키우스 수도사가 수도원 도서실로 허겁지겁 뛰어왔다. 심상치 않아 보였다. 차림새가 엉망이었다. 몸이 반쯤 드러나 있었다. 사제복조차 걸치지 않고 머리칼은 산발이었다. 미친 사람 같았다. 포석 위를 맨발로 달렸다. 콧잔등에 알이 두꺼운 동그란 돋보기안경도 쓰지 않은 채였다. 눈물을 펑펑 쏟으며 온몸으로 울었다. 사지를 부들부들 떨며 울었다. 그는 『역사』를 집필 중인 니타르의 나무 오두막으로 갔다. 니타르 앞에 무릎을 꿇었다. 왕자의 옷자락을 움켜쥐었다.

"같이 가요! 가봅시다!" 그가 옛 제자에게 말했다.

그는 흐느껴 울었다. 니타르는 자리에서 일어나 그를 따라 갔다. 그들은 비를 피해 회랑을 거쳐 갔다. 루키우스 수도사가 반쯤 열린 자신의 독방 문을 밀었다. 둘 다 안으로 들어섰다.

루키우스 수도사가 문을 닫더니, 문을 가리키며 울부짖기 시작했다.

어린 검은 고양이가 갈기갈기 찢겨 있었다.

머리가 왼쪽으로 기울어져 있었다.

사지가 마치 그리스도처럼, 혹은 적어도 검붉은 날개를 활 짝 펼친 작은 까마귀처럼 나무 위에 못 박혀 있었다.

내장이 배 아래로 쏟아져 매달려 있었다.

루키우스 수도사는 죽은 친구를 바라보며 울부짖고, 목이 쉬도록 고함을 지르고, 늑대처럼 포효했다. 단번에 그의 머리 칼이 하얗게 세었다.

IV

(앙길베르의 시집)

1. 다고베르트 군주[1]의 개 세 마리

다고베르트의 이복형제들은 그를 죽이기로 합의하고 말에 올라타고 추격에 나섰다. 다고베르트는 걸어갔고, 그들은 뤼 테스[2]의 섬[3]을 에워싼 야생의 숲에서 사슴을 쫓듯 그를 뒤쫓았다. 몽데마르티르[4]——이후로 뤼테스 섬에서 몽마르트르로

---

1) Dagobert(603/605~639): 다고베르트 1세, 메로빙거 왕조의 프랑크 왕(재위 629~639).
2) Lutèce: 파리의 옛 이름. 라틴어로는 루테티아Lutetia.
3) 파리 센 강 가운데 있는 시테 섬.
4) Mont des Martyrs: 파리 18구에 있는 몽마르트르Monmartre 언덕의 옛 이름이다. mont은 '언덕', martyrs는 '순교자들'을 뜻한다. 즉 '순교자들의 언덕'이라는 의미.

불리는 언덕—까지 추격했다. 그때였다. 어린애였던 다고베르트는 자신의 발아래, 저 멀리, 아래편 숲속 빈터에, 크룰트 강[5] 기슭에 허물어져가는 낡은 암자를 보았다. 바로 그곳이 디오니시우스 성인[6]과 엘레우테리우스 성인—둘 다 아테네 도시국가 출신이다—이 예전에 자신들의 머리를 가져와 풀숲에 묻었다는 곳이다. 그리고 그들은 자신들에게 바쳐진 언덕을 내려왔다고 한다.

후에 바로 그곳에 묻혔다는 이유로 아레공드 왕비[7]는 박식한 디오니시우스 주교의 무덤 맞은편에서 숭배를 받았다. 디오니시우스는 침묵과 부정(否定), 밤과 황홀경에 관해 매우 아름다운 책들을 저술했다. 부정신학[8]의 견지에서 씌어진, 별들

---

5) Crould 혹은 Croult : '도랑'을 뜻하는 웨일스어. 일드프랑스의 작은 강으로 센 강의 오른쪽 지류이다.

6) Saint Dionysius(?~250) : 3세기 중반 파리의 초대 주교를 지냈다. 생 드니 Saint Denis라는 별칭으로도 불린다. 이탈리아에서 다른 여섯 명의 선교사와 함께 기독교 신앙을 전파하기 위해 골 지역에 도착한 그는 우상 숭배라는 이유로 머큐리 신상을 파괴한 죄로 몽마르트르 언덕에서 참수형을 당했다. 일설에 따르면 참수당한 자신의 머리를 안고 파리 북부의 마을(현재의 생드니)까지 왔다고 전해진다.

7) Arégonde(515?~573과 579과 사이) : 프랑크 왕국의 왕 클로타리우스(클로테르) 1세의 일곱 아내 중 한 사람.

8) 否定神學 : 하느님에 대한 제한적이고 불완전한 규정을 부정하는 방식으로 하느님의 본질을 인식하려는 그리스도 신학의 한 분야. 하느님은 무엇이 아니라고 부정해나감으로써 긍정적 규정을 넘어서는 하느님의 무한성을 서술하고

뒤편에 존재하는 규정되지 않은 위대한 신에 대한 그의 복음서 해설을 엘레우테리우스가 전사(轉寫)했다.

다고베르트는 덤불 속에 폭삭 주저앉은 낡은 문을 넘어섰다.

그러자 그를 쫓던 개들이 갑자기 움직이지 못했다.

개떼도, 사람들도, 이복형제들도 마력을 지닌 듯한 이 '곳'에 들어갈 수 없었다.

중심에 위치한 야생의 작은 뜰과 오두막은 아래로 내려가며 크룰트 강의 수원과 이어지는 천혜의 안전한 요충지였다.

개 세 마리는 입을 벌린 채 아무런 소리도 내지 못하면서 풀숲의 방어선 앞에 굳어 있었다.

군주의 이복형제들은 크룰트 강의 기슭에 다다라 화석처럼 변한 개들 옆에서 본능적으로 무릎을 꿇었다.

629년 프랑크의 왕이 된 다고베르트는 자신의 목숨을 구해준 이 벽들을 다시 세웠다. 그리고 아레공드 왕비의 무덤 위에 작은 성당을 건립했다. 그는 그녀 옆에 묻히고 싶어 했다.

쉬제[9]가 이 교회당을 재건했고, 군주를 죽음에서 구해준 성

자 한다. 토마스 아퀴나스에 의해 언어 논리학적으로 분석되고 체계화되었다.
9) Suger(1081~1151): 프랑스의 성직자이며 정치가. 샌드니 수도원의 원장으로 성 베르나르의 개혁운동을 본받아 수도원의 개혁과 기강 확립에 힘쓰며 웅대한 고딕식 경당을 그곳에 건립했다. 또한 정치 고문으로 루이 6세와 7세를 섬겼다. 저서 『루이 6세전(傳)』과 『루이 7세전』은 귀중한 사료이다.

인의 이름을 부여받았다.

2. 붉은 천

옛날 어느 날 공달롱 황야[10]에서 그들은 늪 앞에 커다란 갈색 상자를 놓고 그 옆에 앉아 있는 한 남자를 보았다. 끝에 붉은 천 조각을 매단 지팡이도 지니고 있었다.

그래서 그 남자를 알아보았다. 등에 개구리들의 합주상자를 지고 다니던 바로 그 남자였다.

늪의 다른 쪽에는, 에밀리아라는 네 살짜리 어린 여자애가 네 발로 기어 다니며 손가락으로 올챙이들을 뒤쫓으며 놀고 있었다.

아이 옆에 개 한 마리가 있었는데 이름이 키퍼였다.

당시에 그 늪은 '랑데부데조'[11]라는 이름으로 불렸다.

---

10) Gondalon : 올더니 섬(영국해협에 있는 채널제도의 영국 직할령 건지 섬에 속한 작은 섬)에 있는 황야. 프랑스 노르망디 해안에서 불과 48킬로미터 떨어진 곳에 위치한 까닭에 생활양식도 프랑스풍이 짙고 언어도 노르만프랑스어를 사용한다.

11) Rendez-vous des eaux : 민물과 해수가 만나는 강의 하구일 것이다.

3. 생리키에 수도원의 기원

543년 생제르맹데프레 수도원이 세워진 이후로 제국의 전 영토에는 수 세기에 걸쳐 원형경기장에서 로마인들에게 박해받은 모든 성인에게 바치기 위한 수도원들만 건립되었다.

한 기사가 솜 강 상류의 암자에 은거했다. 마르쿨 성인에게 바쳐진 성스러운 샘물 옆이었다. 그의 이름은 리카리우스[12]였다. 그의 토가는 백합꽃 문양[13]으로 뒤덮였다. 양어깨는 떡 벌어지고 체격이 어찌나 건장하던지 두 팔로 다 자란 말 한 마리를 들고 강을 건널 수 있었다. 용모도 매우 수려했다. 힘이 장사인 데다 어찌나 신심이 두텁고 성스러운지 모든 사람이 그를 보러 와서 진흙탕 속에, 물냉이 속에, 데이지 속에 무릎을 꿇었다. 그리고 그의 축성을 받고는 삶에 대한 의욕과 믿음을 되찾았다.

리카리우스가 두 손을 얹으면 고통이 말끔히 사라졌을 뿐 아니라 마르쿨 성인에게 바쳐진 샘물의 치유력도 놀라웠다.

솜 강변의 사람들은 무리를 지어 걸어서 왔고, 북해의 어부들은 배를 타고 내려왔다.

---

12) Ricarius: 리키에Riquier의 로마식 이름. 17쪽 주 5 참조.
13) 백합은 프랑스 왕가의 상징이다.

작센의 수도사들뿐 아니라 켈트족의 드루이드교 사제들도 왔다.

아일랜드 섬들의 공주들은 뱃머리에 괴물이 장식된 선박의 돛을 올리고 왔다.

순례자들의 수가 계속 증가하자 암자는 수도원으로 바뀌었다.

그의 사후 몇 년간 순례자들은 작은 마을에 와서 은둔자 왕[14]의 성 유골을 만져보러 지하 납골당으로 내려갔다. 몰려드는 인파를 감당하기에 지하실은 너무 협소했다.

---

14) 프랑크 왕국 초기의 왕들 중에 동명의 리카리우스(리키에) 왕이 있다. 키냐르는 리카리우스 왕과 리카리우스 성인을 동일시하는 것으로 보인다. 하지만 이론의 여지가 있다. 우선 전자인 5세기 후반의 왕과 후자인 6세기와 7세기에 걸친 성인 사이에는 거의 1세기의 시차가 존재한다는 사실이다. 게다가 57쪽에서 '초대 왕'으로 묘사된 것도 납득하기 어렵다. 역사적으로 프랑크 왕국(현재의 프랑스)의 최초의 왕은 클로비스Clovis이며, 프랑크 소왕국의 왕(수장)으로서도 리카리우스는 최초가 아니라, 클로비스의 아버지인 메로베 혹은 할아버지 클로디옹 같은 왕들이 이미 존재했다. 아무튼 리카리우스는 망스 지역 부근 프랑크 소왕국의 수장이었고, 클로비스의 친족이었는데, 프랑크 왕국의 기반을 다지던 클로비스에게 살해당했다고 전해진다.
이 책은 물론 역사책이 아니다. 하지만 역사적 사실에 대한 의문이 풀리지 않아 키냐르에게 질문을 보냈다. 그의 답변은 다음과 같다. "프랑크족 최초의 왕은 리키에입니다. 클로비스는 기독교 국가 프랑스의 최초의 왕입니다(Pour les Francs le premier roi est Riquier : mais Cloivis est le premier roi franc chrétien)." 판단은 독자에게 맡긴다.

검고 수척한 그의 육신은 백합꽃 문양에 뒤덮인 튜닉 안에서 차츰 미라로 변해갔다.

남자들과 여자들, 영주들과 노예들이 마르쿨 성인의 샘가에서부터 숲 가장자리까지 길게 줄을 지어 차례를 기다렸다.

790년대에 샤를마뉴는 생리키에 수도원을 앙길베르 공작[15]에게 하사했다. 수도원을 대규모로 증축하고 예배당도 여러 개 늘려 이름을 딴 성인의 명성에 합당하도록 만들기 위해서였다.

다음은 신성한 세 언어[16]를 알고 있는 앙길베르가 수도원을 어떻게 구상했는지를 보여준다.

그는 '신은 셋'이라고 생각했다. 그래서 성당 세 개를 지었다. 성당 세 개를 삼각형으로 배치하고 회랑으로 서로 연결했다.

제단을 30개 설치했다.

수도사 300명을 상주시켰다.

802년 황제로 등극한 샤를마뉴는 사위이기도 한 수도원장

---

15) 귀족에게 붙이는 작위(공작, 후작, 백작, 자작, 남작)에는 엄격한 구분도 위계도 없어서 혼용된다.
16) 히브리어, 라틴어, 그리스어(당시에 성경이 쓰여진 혹은 번역된 언어)를 말한다.

에게 자신이 지닌 최초의 낡은 양피지 고서적들을 건네주었
다. 그 책들을 필경실에서 전사하고, 장식하고, 채색하고, 가
죽으로 제본하고 표지를 보석으로 치장하게 했다.

앙길베르는 궁륭들 위쪽에 그리스어와 라틴어 책들을 위한
긴 서가를 설치했다.

4. 망토를 거는 성 플로렌티우스[17]

플로렌티우스 성인의 망토는 마르탱 성인[18]의 케이프[19]가
아니다. 다고베르트 왕이 루테티아[20] 궁에 있을 당시, 플로렌
티우스 성인은 궁정에서 왕에게 착 달라붙어 보란 듯이 파렴
치하게 그를 기만하는 궁인들에게 끊임없이 수모를 겪었다.

어느 날 텁수룩한 수도사가 큰 홀에 들어서자, 대신들과 왕
자들, 왕의 형제들은 면전에서 거만하게 그를 외면했다. 그는

---

17) Gregorius Florentius : 573년 투르의 주교가 되었고, 성인들과 순교자들, 교
   부들의 전기를 썼다. 특히 『프랑크인들의 역사』가 유명하다.
18) saint Martin(316~397) : 탁월한 군사적 재능 때문에 콘스탄티누스 대제의 명
   으로 정예 군단에 복무한 경력이 있으며, 자선으로 명망이 높은 성인이다.
19) 두건 달린 소매 없는 망토.
20) 110쪽의 주 2 참조.

늘 손에 책을 쥐고 해진 낡은 신발을 타일 위로 끌면서 불쑥 나타났다. 옷차림도 남루했다. 양어깨에는 갈색 모직 케이프를 걸치고 있었다. 성 플로렌티우스는 그들을 괘념치 않는다. 앞으로 나아간다.

손에 책을 들고 절뚝거리며 큰 홀을 가로지른다.

총안(銃眼)에서 햇살 한 줄기가 그의 오른쪽으로 비쳐든다. 그는 햇살에 자신의 망토를 건다.

그리고 다고베르트의 옥좌까지 가서 무릎을 꿇고, 프랑크 왕의 옷자락에 입을 맞춘다. 입을 열어 이렇게 말한다.

"저는 니데르아슬라흐[21]까지 가려고 합니다."

성 플로렌티우스는 대학자였으므로 자신이 어느 곳에 있든 간에 햇살에 자신의 망토를 걸 능력이 있었다.

5. 눈 덮인 에피네[22] 빌라

말똥가리들은 날지 않는다. 대기로 미끄러져 들어간다. 더 정확히 말하면 지표면에서 튀어 오른 공기 위를 떠다닌다.

---

21) Niderhaslach : 프랑스 알자스 지방의 마을.
22) Épinay : 일드프랑스의 마을.

공기의 흐름 속에서 아주 높이 올라갈 수 있다. 그들의 노란 부리가, 회색 다리가 시야에서 사라진다. 그리하여 그들은 가장 행복해진다.

맹금류는 절대 정면에서 바라보지 말아야 한다.
그들은 자신들을 바라보는 자들을 향해 나아가지 않는다.
우리는 시선을 다른 데로 돌리고
허공에 한쪽 팔을 죽은 나뭇가지처럼 뻗어야 한다.
그러면 새가 느닷없이,
묵직하게,
장갑 위로 날아와 앉는데, 그때 우거진 나뭇잎 아래로 들어갈지어다.

다고베르트는 638년 12월 에피네 빌라에서 병이 들었다. 죽음이 임박했음을 느낀 그는, 눈이 내리는데도 자신을 수레에 태워 생드니의 암자까지 옮겨달라고 했다. 그는 재임 초기에 암자 위에 새 예배당을 건립하도록 했다.

639년 1월 19일 숨을 거두는 순간, 왕은 수도원장에게 분명하게 요청한다. 자신을 담비 망토에 싸서, 예전에 자신을 구해준 디오니시우스 성인 옆에 묻어주되, 성인의 유골이 놓인 내진(內陣)[23]이 아니라 제단 오른쪽, 안뜰 쪽의 익부(翼部)에 묻어달라고.

6. 로트뤼드

781년 샤를마뉴는 딸 로트뤼드(로드트루다)를 젊은 바실레우스[24]인 콘스탄틴(콘스탄티노스)[25]에게 주기로 약속한다.

로트뤼드는 그리스어 공부를 시작한다. 동양 제국의 수도에 가서 레안드로스[26]의 탑을 보려는 희망에서였다.

그녀는 사랑 때문에 바다로 뛰어드는 자의 시를 비잔티움의 그리스어 노래로 배운다.

생리키에 수도원의 루키우스 수도사는 젊은 로트뤼드에게 그리스어를 가르칠 임무를 부여받았다.

787년 콘스탄틴의 어머니인 여제 이리니[27]는 권력을 유지

---

23) 성당에서 성직자와 성가대가 차지하는 자리.
24) basileus : 고대 그리스어로 군주를 의미한다.
25) Constantin : 비잔티움의 황제(780∼797 재위) 콘스탄티노스 6세(771∼797? 805?).
26) 88쪽 주 19 참조.
27) Irène l'Athénienne(752?∼803) : 아테네의 이리니. 레온 4세의 황후였고 어린 아들 콘스탄티노스 6세를 대신해 섭정했다가 아들의 눈알을 뽑고 퇴위시킨 후 단독으로 제위해 797년부터 802년까지 비잔티움 제국의 여제였다. 성

할 생각에 아들의 눈을 멀게 한다. 콘스탄티노스와 로드트루
다의 약혼은 파기되었다.

샤를마뉴는 — 프랑크족 왕 재임 당시 — 주교구와 방어하
기 힘든 변방은 *vassi*〔봉신(封臣)들, 후작들, 백작들〕에게, 수도
원들은 *missi*(주교들, 수도원장들, 성직자들)에게 맡겨 서적들을
전사해서 보급하도록 했다.

사실 폴 디아크르는 바르네프리드Warnefried로 불렸다.

787년 어느 날 그는 샤를마뉴를 더 이상 섬기지 못하고 떠
난다. 사람들은 몹시 뚱뚱한 그를 노새 등에 올리느라 애를 쓴
다. 그는 깎아지른 듯 험한 산길을 느릿느릿 올라가 몬테카지
노 수도원에 당도해 그곳에 영원히 은둔한다.

789년 혁명이 일어난다. 당시에 왕인 샤를마뉴는 다시 폴
디아크르에게 도움을 청한다. 왕은 폴 디아크르의 충고대로,
주일 설교는 대중언어로 진행할 것을 명한다. 그리고 샤를마
뉴는 앨퀸에게 작성토록 한 보편적 권고안(*admonitio generalis*)
에 따라, 프랑크 영토 전 지역에서 노래할 때는 프랑크 교회의
방식(*cantilena romana*)[28]을 따르도록 결정한다. 끝으로 앨퀸은

상 파괴령을 철회하고 성상 공경을 부활시켜 동방 정교회의 성인으로 인정받
았다.
28) 로마에서 하듯이 노래하기*cantilena romana*란 매우 단조로운 멜로디를 라틴

자기 권한으로 세번째 규정을 정립한다. 즉 지방의 사제들에게 면학 의욕을 보이는 아이들을 위해 사제관 근처에 예배당 부속학교를 세우라고 명한다.

799년 니타르와 아르트니가 생리키에 수도원에서 바야흐로 글자와 숫자를 배우려고 할 즈음, 세 단계의 교육 과정이 서로 합쳐진다. 즉 소교구의 시골 학교, 대성당 부속의 도시 학교, 수도원의 필경실(les scriptoria)에서 전사된 성인의 서적들과 고대 서적들이다.

7. 불행

그레구아르의 후계자는 프레데게르였고, 아인하르트의 계승자는 니타르였다. 프랑크족의 역사를 말해주는, 소위 프랑크 왕들의 '용비어천가'라고 할 만한 책들을 쓴 것은 이 최초의 네 작가였다.

그런데 사실 글쓰기란 하늘로 손을 치켜드는 게 아니다.

전혀 축복하는 게 아니다.

어로 부르는 방식으로 프랑스 교회에서 그렇게 했다. 이제는(50여 년 전부터) 프랑스어로 부르기도 하지만, 여전히 전통 방식이 남아 있다.

손을 땅으로, 돌로, 납으로, 동물 가죽으로, 지면(紙面)으로 내리는 것이며, 불행을 기록하는 것이다.

선지자 이사야가 외쳤다. *"Vae qui scribunt, scribentes enim scribunt nequam!*(글을 쓰는 자들은 불행할지니, 글을 씀으로써 쓰면 안 될 것을 쓰기 때문이로다!)"

그런데 이것은 사실이다. 이사야가 헤브라이 종족에게 외침으로써 경고한 바는 적확하다. 창작하는 이들의 남다른 시선은 자신의 내면 깊은 곳에서, 몸 깊은 곳에서 발원된다. 옛날의 삶 밑바닥에서 발아되는 것으로 보인다. 실제로 지옥에서 비롯된다. 죽은 이들에게서 나와, 곧장 야수의 세계로 하강해서, 옛날로부터 떠오른다.

찡그리는 이마, 좁혀지는 양미간, 드리우는 침묵, 정지되는 손, 이 모든 게 신기하게도 하나로 집중된다.

예상 가능한 온갖 경우와 가장 완벽한 침묵 가운데 미처 표현을 찾지 못한 황홀경, 시선이 멍해지는 사색, 탐문 탐색하는 해몽(解夢) 점, 수수께끼, 이런 것들은 산 사람들이 아닌 다른 데서 생기거나 태어난다.

이런 것들은 이 세계가 아닌 다른 세계로 향한다.

이런 것들은 전사들이 전쟁을 하고, 상인들이 상거래를 하고, 농부들이 경작하는 시대와는 다른 시간대에 존속한다.

"책에 글을 쓰는 사람은 책 그 자체다. 그런 식으로 시대와 세계에 따라 낯선 의미가 도출된다."

아인하르트가 아직 프랑크족의 왕이던 샤를마뉴에게 했던 말이다.

그리고 니타르가 자신의 사촌인 대머리 샤를[29]에게 반복했던 말이다.

8. 앙길베르의 시

그는 니타르 왕자의 아버지—쌍둥이 형 아르트니의 아버지이기도 했다—였고, 이름이 앙길베르였고, 성인품에 올랐으며, 세 언어를 구사했다. 생리키에 수도원의 원장이 된 그는 즉위식을 계기로 「*Signa Deus bis sex acto lustraverat anno*(두 차례에 걸친 여섯 기호를 통해 신이 한 해의 운행을 완수했기 때문이로다)」라는 제목의 장엄한 시를 지었다. 앙길베르는 다섯 개의 노래로 이루어진 이 장시(長詩)—베르길리우스 식으로 구상된—에서 왜 프랑크인들이 태양년[30]이 끝날 때 늑

---

29) Charles le Chauve(823~877) : 프랑스 왕국의 원형인 서프랑크의 초대왕 샤를(카를, 카를로스) 2세 대머리왕. 샤를 1세인 샤를마뉴의 손자이고 경건왕 루이(루트비히)의 아들. 그러므로 니타르와는 사촌 간이다.

30) 365일 다섯 시간 48분 46초.

대에게서 훔친 야릇한 시간이 솟아오른다고 하는지 그 이유를 설명했다. 하늘의 신은 왜 그토록 불가지(不可知)한가? 태양의 왕복은 왜 어럼셈을 형성하지 않는가? 한 해에는 예측 불가능한 황홀경들이 있었다. 그러한 것이 한 해의 모호한 돌파구이자 시련이다. 한 해의 말미에는 시간이 곤궁해지면서, 부족해진 시간을 복구하고자 사람들이 개시하는 대전투가 필요했다. 프랑크인들의 갖가지 이야기에 따르면, 하늘의 검은 암늑대가 시간의 흐름에서 매달 달lune만을 집어삼킬 뿐 아니라 12개월도 먹어치운다는 것이다. 그러면 어느 날 접시가 텅 비고[31] 온통 캄캄해진다. "오 태양 빛이 사라진 날들이여! 오 하늘의 궁륭 아래 영원토록 어둠이 퍼질 것만 같은 날들이여! 인간인 그대들은 더 이상 바위가 드리우는 그림자를 보고 시간을 셈하지 못하게 될 것이고, 더욱 조심하지 않으면 어느 날 늙은 암늑대가 세상을 완전히 집어삼키게 되리라! 오 새벽의 사제여 〔……〕 겸손하라, 땅에 입 맞추라, 신의 아가리에 매달려 피 흘리는 시간을 매달린 채 두어라!"

그런데 니타르가 아버지에게 이런 말을 했다.

"아버지, 저는 스콜과 하티[32]에 대해 뭔가 조치를 취해야 한

---

31) 더 이상 살아갈 날이 남지 않았다는 뜻.
32) Scoell(Sköll)과 Hati: 북유럽(노르드) 신화에 나오는 해와 달을 잡아먹는 괴물 늑대들. 아득한 옛날, 지금 우리가 알고 있는 태양과 달과는 사뭇 다른 태

다고 믿어요. 나와 사랑하는 형 아르트니처럼 그들도 쌍둥이 거든요. 사람들이 왜 서른세 살이 한 남자를 제물로 바치지 않을까요? 이번에는 우리가 그를 12개월에 바쳐야 하지 않을까요?"

수도원장이 샤먼 사르를 불러들였다. 그런데 사르의 대답은 이러했다.

"당신들은 잘못 생각하고 계십니다. 늑대[33]와 우리는 형제 지간이에요. 당신들 사이보다 우리 사이가 훨씬 더 친밀하지요. 서로 쏙 빼닮은 니타르와 아르트니 형제보다 우리가 더 가까운 사이인 걸요! 이름의 철자 배열은 달라도 이름은 똑같은 당신들, 그런 당신들이 함께 있는 모습을 볼 수 있었나요? 사랑하는 내 아르트니는 어디로 갔나요? 북해의 얼어붙은 바다를 항해하던 그가 지금은 세상 동쪽에서 배를 타고 가는 중일까요? 그 후에는 동양의 사막과 신기루, 산들과 만년설 속에서 대체 뭘 한다는 거죠? 유년기가 끝나고 성욕이 생기면서 갈라진 이후로 당신들이 함께 담소하는 모습을 언제 볼 수 있었나요? 우리는 보름달을 보며 울부짖는 늑대의 외침을 완벽

양과 달이 있었다. 태양의 이름은 '솔Sol'이고 달의 이름은 '마니Mani'였다. 항상 솔을 뒤쫓던 스콜과 마니를 뒤쫓던 하티는 마침내 솔과 마니를 따라잡아 게걸스럽게 먹어치웠다. 그리하여 세상은 어둡고 추운 곳이 되었다고 한다.
33) 늑대는 기독교 신앙이 정착되기 이전에 프랑크족에게 신과 같은 존재였다.

하게 이해할 수 있답니다. 새벽에 들리는 수탉과 티티새의 노랫소리도 마찬가지고요. 흔히 생각하는 것과 달리, 실제로 짐승의 울음소리에 우리의 멜랑콜리를 투사하지는 않아요. 어떤 짐승이든 캄캄한 하늘에 빼곡한 별들을 보면 울부짖으니까요. 그것들의 깊은 곳에, 게걸스러운 뱃속에 도사린 늙은 암늑대가 우리에게까지 제 슬픔을 알리는 거지요. 우리는 암늑대가 내뱉는 짧은 탄식에 불과해요. 마치 전사들의 페니스 같은 거라고요. 그것은 삽입을 위해 여자들이 축축한 손가락으로 벌려주는 어두운 동굴 안에서 단번에 이지러지는 한 점 초승달에 불과하니까요. 암늑대는 심정상으로 여자들보다는 당신들과 훨씬 더 가까워요. 여자들과는 절대 가까울 수 없지요. 오 어머니들이여! 당신들이 그녀의 몸속으로 꿰뚫고 들어가면, 마치 밤에 뜨는 달이 한 달 새에 형태가 변하듯이, 그녀의 배가 둥글게 부풀다가 보름달처럼 만삭에 이르잖아요. 그러니 이렇게 말해야 될 겁니다. '개들의 긴 울부짖음은 개들의 뱃속에서 나와 우리 자신의 깊은 곳까지 이른다. 개들은 우리를 자신들 옆으로 끌어당기고 무리 지어 사는 법을, 기마 수렵을, 하늘에서 큰곰좌와 사슴좌 사이를 오가는 달의 여행을 가르쳐준다. 노래들로 말하자면, 그것은 늘 허기, 꿈, 욕망이다. 우리는 동일한 고기를, 동일한 찢긴 경험을, 두 왕국으로 이루어진 봉인의 동일한 개봉(開封)을 공유한다. 뿔과 상아로 된 왕궁의 문들은 연말이거나 하루가 저물 무렵 다시 닫아야 할 때 더 이상 아귀가 맞지 않아 닫히지 않는다. 개들이 울부짖을 때, 우리는 구슬피 울면서 밤처럼 캄캄한 최초의 동굴을 뒤로하고 떠난다. 어둠이 우리를 뒤쫓아 오니까 우리는 필시 어둠에 도달하고 말 테지만, 우리는 진저리를 치며 힘껏 어둠을 물리치려고 한다. 하지만 우리에게도 어둠이 가득한 입이 있어서 매일 죽은 것들로 그 안을 가득 채운다'라고 말이죠."

V

(로마력 새해 첫날에 바쳐진 책)[1]

1. 프랑크 왕국

옛날에, 569년 어느 날 고대 골족이 프랑크 왕국으로 바뀌었다. 갈리아 부족들은 하나씩 사라지거나 로마 군단에게 강제로 끌려가 노예가 되었다. 프랑크인의 족장들을 장악한 왕들은 절대 유럽 남부에 궁전을 짓지 않았다. 그러기에는 그들이 맹수들이며 어두운 숲, 거침없이 쏟아지는 맹렬한 빗줄기

---

1) 지금의 3월mars은 고대 로마력에서 전쟁의 신 마르스의 달로, 마르스의 달 첫날이 새해 초하루였다. 태양력보다는 태음력에 더 가까운 로마력에서는 날짜를 말할 때 새로운 달이 뜰 때까지, 즉 다음 달 초하루까지 남은 날들의 수에 2를 더한다(가령 4월 22일은 '5월 초하루에서 역으로 열번째 되는 날'이다. 남은 8일에 2를 더하므로).

의 아연실색할 노래, 수개월씩 소리 없이 내려 벌판에 쌓인 눈의 눈부신 아름다움, 암사슴의 쫑긋한 두 귀와 수사슴의 보드라운 머리에서 뻗어나며 서로 포개지는 기이한 가지 뿔, 이런 것들을 너무 좋아했기 때문이다. 전사들이 선호하는 떡갈나무 숲은 아래쪽에 펼쳐진 스펠타밀 밭과 밀밭, 호밀밭을, 그리고 곤들매기와 푸른 송어, 가재와 뱀장어가 득실거리는 강을 굽어보며 솟아 있었다. 곰, 멧돼지, 늑대, 맹금류는 돌에 새겨 표상을 만들고 청동 배지의 장식으로 삼는 것들이었다. 그들 모두 전사가 되기 전에는 사냥꾼이었다. 하기야 전사도 인간 사냥꾼에 불과했다. 그들이 어두컴컴한 숲으로 들어간다. 샤를 왕보다 수렵 부서의 네 사람이 앞장서서 간다. 무기 담당관, 매 담당관, 개 담당관, 말 담당관.

샤를마뉴는 특히 이 두 가지를 좋아했다.
숲.
딸 베르트.
아인하르트는 베레타 공주의 인물 묘사를 라틴어로 이렇게 기록했다. "그녀는 아버지 카를을 쏙 빼닮았다. 머리칼이며 고음의 목소리, 입, 목의 굵기, 아주 크고 동그랗고 강렬한 두 눈, 항상 호방하고 쾌활한 얼굴(*facie laeta, hilari*), 튀어나온 복부(*venter projector*)까지도." 베르트는 가히 여자 샤를이었다.

베르트가 쌍둥이를 출산하고 프랑시 공국의 해군 제독이 니타르와 아르트니라 이름 지었을 때, 카를 대왕은 베레타와 앙길베르의 결혼을 반대했다. 며느리와 사위 들의 탐욕은 차치하더라도, 아들들 간의 이전투구만으로도 이미 골치가 아팠기 때문이다. 프랑크 왕은 엑스라샤펠(아헨)에서 아내들, 처첩들, 딸들에 둘러싸여 살았다. 엄밀히 말해 하렘은 아니지만 그렇다고 궁정도 아니었다. 아인하르트는 *contubernium*(합숙소)이라고 썼다. 흔히 '멧돼지 떼'라고 말하듯이 '여인들 무리'가 생활하는 합숙소.

2. 왕의 알프스 산맥 여행

799년 샤를마뉴는 엑스라샤펠에서 성탄절을 보내며 눈 덮인 왕실 전용 공원에서 사냥한다.

800년 부활절에는 생리키에 수도원에서 앙길베르, 베르트, 니타르, 아르트니와 함께 우리 주 예수 그리스도의 부활을 축하한다. 즉 옷을 벗고 기적의 샘으로 뛰어든다.

투르에서 앨퀸의 영접을 받는다. 그가 왕의 어깨에 마르탱 성인의 성스러운 망토[2]를 걸쳐준다. 망토가 그의 어깨를 불태우지 않는다. 신의 선택을 받았으므로 왕은 알프스 산맥의 오솔길들을 따라간다.

그는 해사(垓子)와 소나무 들에 에워싸이고 모자이크로 덮인 라벤나의 아름다움에 즐거워하고 매료된다.

800년 12월 23일 교황 레오 3세는 고대 의전에 따라 로마에서 12마일 떨어진 노멘툼[3]에서 샤를마뉴와 그의 측근들(베르트와 앙길베르)을 맞이한다.

그곳에 깃발들이 펄럭인다. 처음으로 엄밀한 의미의 '승리'를 쟁취하는 곳이다. 라틴어로 '*l'adventus Caesaris*(황제의 도착)', 즉 프랑크 왕이 말을 타고 선두에서 영주들을 거느리고 황제로서 도시에 당도한다. 교황의 주재로 대관식이 치러지기 전이다.

샤를마뉴는 즉시 성 베드로 대성당(*templum Pietri*)에서 공의회를 소집한다.

샤를 왕은 착석한 주교 및 사제 들과 기립한 백작들과 왕자들 앞에서 교황 레오 3세의 '연옥 맹세'[4]를 치른다.

---

2) 전설에 따르면, 로마의 관리였던 마르탱이 어느 날 자신의 케이프를 검으로 잘라 반을 가난한 사람에게 주었다고 한다. 남은 반이 유품으로 보관된 교회는 성지 순례의 명소가 되었다.

3) Nomentum: 이탈리아 라치오 주 로마 현 소재의 자치도시 멘타나. 로마에서 북동쪽 29킬로미터에 있다.

4) 하느님의 심판으로 성경이나 성인의 유물에 손을 얹고 하는 맹세를 뜻한다.

샤를마뉴가 착석해 있으므로 교황이 자리에서 일어나 독경대로 올라가 맹세를 읊는다.

공의회는 협의에 들어가 간략히 논의한 후에 제국을 복원한다. 즉 비잔티움이 여인(이리니)[5]의 수중에 있는 까닭에 황제의 자리(*nōmen impertoris*)가 공석임을 선언한다.

기독교 및 프랑크 양측의 의회는 분명하고 힘차게 환호했다. 그리하여 갑자기 대성당의 내진 내부에서 *potestas et nōmen*(통치권과 직위)이 합쳐진다.

『연대기』[6]에 다음과 같이 간략하게 기록된다. "800년 12월 23일 카롤루스는 주교들과 백성들의 청원을 거절할 수 없어 황제의 칭호를 수락했다(*suscepit imperii nōmen*)."

3. 황제의 대관식

800년 12월 25일 바티칸 대성당에서 대관식이 치러진다.

의식에 앞서 성 베드로 사도에게 바쳐진 제단 앞에서 대미사를 올린다.

---

5) 120쪽 주 27 참조.
6) 아인하르트의 『연대기』를 말한다. 샤를마뉴 시대의 역사가 기록된 사료이다.

대관식은 다음과 같이 네 단계로 진행된다.

샤를마뉴기 비잔틴 방식으로 바닥 포장(*proskinèsis*)에 몸을 길게 쭉 펴서 엎드리는 *prosternatio*(부복)로 시작된다.

그러고 나서 왕이 일어서면 교황 레오 3세가 샤를의 머리에 왕관을 씌운다(*Carolus coronatus*).

consecratio(축성)가 잇따른다. 봉헌에 따라 교황은 황제에게 성직자의 품급을 부여한다.

마침내 로마 시민들이 "신에 의해 로마인들의 황제에 등극한 샤를"이라 부르는 *acclámtio*(환호성)와 프랑크 전사들이 "삶과 승리!"를 외치면서 국민투표를 부르짖는 함성이 터진다.

새로운 데나리우스[7] 화폐가 주조된다.

화폐 앞면에는 월계관을 쓴 샤를의 두상이 새겨지고 그 둘레에 라틴어로 *Karolus Imperátor*(카롤루스 황제)라고 씌어 있다.

뒷면에는 라틴어로 *Christiana Religio*(그리스도교)라는 글자로 에워싸인 십자가 위에 로마의 성 베드로 대성당의 모습이 나타나 있다.

---

7) 고대 로마 시대의 은화. 가장 폭넓게 쓰인 화폐로 1데나리우스(은화)는 25분의 1 우레우스(금화)의 가치를 지닌다.

4. 샤를마뉴의 죽음

813년 겨울 내내 샤를마뉴 황제는 병석에 누워 있다. 열이 펄펄 나며 죽으려고 곡기를 끊는다.

814년 1월 28일 오전 9시에 숨을 거둔다.

곧이어 해군 공작 앙길베르도 사망한다.

그의 아들 니타르가 칠보로 장식된 가죽 관에 부친의 시신을 넣어 생리키에 수도원 구내에 매장한다.

아르트니의 행방은 오리무중이다.

아헨에 있던 샤를마뉴의 아내들과 처첩들, 딸들 모두가 궁정에서 경건왕 루이에게 쫓겨난다.

베르트, 테오트라드, 힐트뤼드, 지젤, 에멘은 1월의 추위 속에 짐수레의 방수포 아래로 올라탄다.

각자 다른 수도원으로 뿔뿔이 흩어진다.

5. 역사가 니타르

840년 6월 경건왕 루이가 사망한다. 니타르는 즉시 자신의 운명을 대머리왕 샤를[8)]에게 건다. 샤를은 바이에른의 유디트 벨프와 경건왕 루이의 소생으로, 이제 막 열일곱 살 생일을 맞은 어린 사촌들 중 가장 막내이다.

840년 7월 대머리왕 샤를은 니타르 백작을 로지에Laugier와 함께 로테르(로타르)에게 대사로 파견한다. 로테르는 형제들끼리 제국을 나눠 가지려는 막냇동생 샤를(카를)이 제안한 일체의 협약을 거부한다.[9]

샤를마뉴의 적출인 세 손자는 서로 의견이 맞지 않는다.

840년 겨울 아인하르트가 젤리겐슈타트 수도원에서 사망한 채 발견되었다.

아인하르트는 샤를마뉴 왕실의 서류 담당관이자 왕의『실록』사관(史官)이었다. 니타르가 —대머리왕 샤를을 위해— 그의 직책을 맡게 된다.

841년 5월 중순 그들은 샬롱장샹파뉴[10]에 있다. 대머리왕 샤를은 니타르에게 —둘 다 샤를마뉴의 손자이므로— 자신의 통치에 대해 떠도는 비방과 중상모략을 종식시키고, 바야흐

8) 124쪽 주 29 참조.
9) 루이 1세(경건왕 루이)가 죽자, 제국 전체를 상속받은 로테르 1세와 서부를 장악한 샤를 2세(대머리왕 샤를), 그리고 동부를 장악한 독일왕 루이 2세(루트비히) 사이에 내전이 벌어진다. 삼파전이었던 내전의 양상은 로마적 전통에 따라 제국의 통일적 계승을 주장하는 로테르 1세와 프랑크적 전통에 따라 제국의 대등한 분할을 요구하는 루이 2세- 샤를 2세 사이의 대립으로 바뀐다.
10) Châlons-en-Champagne: 프랑스 북부의 도시.

로 경건왕 루이의 세 아들이 치르게 될 죽음을 불사한 전쟁에 대해 생겨나는 비방—이미 적의가 퍼지고 있는—에 선수를 치기 위한 목적으로 자신의 **실록**Historia을 써달라고 요청한다.

6. 퐁트누아 전투

841년 6월 21일 세 형제의 군대가 이동하다가 상스와 옥세르 사이의 숲을 따라 늪 주변에서 마주친다.

갑자기 세 군대는 주춤한다.

로테르는 생소뵈랑퓌제 방향으로 가기로 결정한다. 그리고 군대를 퐁트누아 숲 한가운데 포진시킨다.

동생 샤를과 루이의 두 군대는—협약을 맺었으므로—그를 포위한다. 그들은 튀리[11]에 진지를 구축한다.

841년 6월 25일 새벽 8시, 퓌제 숲 경계에서 퐁트누아 전투가 시작된다.

전투는 새벽 여명을 받으며 부르고뉴인들의 개천(*rivolum Burdigundonum*)가에서 벌어진다. 오늘날에는 생보네 개천으

---

11) Thury: 부르고뉴 지방 욘 주의 마을.

로 불린다. 프랑크인들의 고유명사들은 짧아지고 축약되다가 세월이 흐름에 따라 점차 응축된다. 공격 초반부터 대머리왕 샤를(카를)과 독일왕 루이(루트비히)[12]는 로테르(로타르)를 극렬하게 몰아붙인다. 왕의 실록 사관인 니타르는 시종일관 전투를 지켜보며 자신의 이야기에 기록할 뿐 아니라 아달하르트[13]의 명령으로 전투에도 참여한다.

니타르는 이렇게 쓴다. "전리품이 넘쳐나고 살육이 횡행했다."

로테르와 풍비박산 난 그의 군대는 수레를 모조리 버리고 도주한다.

841년 6월 26일 일요일 하루는 아군 적군 할 것 없이—모두가 프랑크인이므로— 전사자들을 매장하는 데 소요된다.

대머리왕 샤를과 독일왕 루이가 즉시 소집한 공의회는 두 연합군의 승리를 인정한다. 주교들과 사제들이 선언한다. "전능하신 하느님의 뜻(*judicium Dei omnipotentis*)이 전투로 흘린

---

12) 817년부터 바이에른의 왕이었고 843년 베르됭 조약 이후부터는 동프랑크의 왕이었던 루트비히 2세의 별칭.

13) Adalhard de Corbie(751~827): 코르비 사원의 수도원장. 샤를마뉴의 친사촌으로 권력과 출세를 포기하고 은둔 생활을 추구했다. 하지만 샤를마뉴와 친척들의 강요로 국사에 개입했다가 불명예스러운 일을 당한 후 823년 옛 수도원으로 돌아와 코르비에 묻혔다.

핏속에 뚜렷이 드러났노라."

그들은 3일간의 단식을 선포한다. 한편으로 생존한 전사들이 마음을 정화하고, 다른 한편으로 숲속에 믿을 수 없을 만큼 엄청나게 흘린 프랑크인들의 피 앞에서 전사자들의 영혼이 느낄 분노를 진정시키기 위해서다.

7. 아르겐타리아 성사(聖事)[14]

841년 10월 초 니타르와 대머리왕 샤를은 파리 생클루 궁전에 있다.

니타르는 책에 841년 10월 18일 6시 57분 생클루 숲의 나무 꼭대기들 너머로 자신이 목도한 경이롭고 기이한 현상을 기록한다. 다름 아닌 일식이다. 『역사』 제2권은 일식에 관한 이야기로 끝난다.

842년 2월 초 퐁트누아 전투에서 승리를 거둔 두 군대는 혹

---

14) '스트라스부르 서약'의 다른 말로, 842년 2월 서프랑크 왕국의 샤를 2세와 동프랑크 왕국의 루트비히 2세 사이에 맺어진 군사동맹을 말한다. 문서는 초기 프랑스어(로만어)와 고고지독일어(古高地獨逸語)로 작성되었으며, 그해 12월 서프랑크 샤를 2세의 명에 따라 작성된 사본이 현재 전해진다. 최초로 프랑스어로 씌어진 문헌인 까닭에 매우 중요한 사료이다.

한 속 스트라스부르에서 다시 만난다. 한 군대는 일 강변에, 다른 군대는 라인 강변에 자리 잡는다.

2월 14일 금요일 아침 끝자락에 중간 지점인 얼어붙은 벌판에서 두 왕과 두 수장—부족의 공작들—은 엄숙하게 상호 평화협정을 맺고, 신 앞에서 로테르에 대적하는 상호 동맹조약—재앙이 되는, 신성한—을 체결한다.

바로 842년 2월 14일 금요일, 아침 끝자락, 추위 속에서 그들의 입술 위로 기이한 안개가 피어오른다.

이 안개를 프랑스어라고 부른다.

니타르는 최초로 프랑스어를 문자로 기록한다.

오늘날의 '스트라스부르 서약'은 예전에는 주교들과 사제들이 라틴어로 'sacrements d'Argentaria(아르겐타리아 성사)'라고 불렸다.

니타르는 『역사』에서 일 강변의 아르겐타리아 도시를 "지금은 대부분의 주민이 스트라스부르라고 부른다"(nunc Strazburg vulgo dicitur)라고 분명히 밝히고 있다.

상징적인 것이 꿈틀대는 순간을 인지하는 사회란 거의 없다. 자신들의 언어가 태어난 날짜, 상황, 장소, 일기(日氣).

기원의 우연.

숫자들을 관찰할 수 있다는 것, **문자로 변환**되는 광기 어린 순간을 지켜보는 것, 이것은 기적에 속한다. 우리는 새로운 상징계가 발생해서 단번에 확립되는 동요를 목도한다. 반(半) 언어란 없다. 추위 속에서 사람의 숨결이 언어를 완전히 **바꾼 다**. 아무런 실마리도 없는 공(空)에서, 즉 순전히 우연하게 일이 발생한다. 'Argentaria'란 호칭이 'Strazburg'라는 말로 바뀌는 일이 우연히 일어난 것처럼 '라틴어'에서 '프랑스어'로 바뀌는 것도 예측하지 못한 일이다.

8. Strazburger Eide(스트라스부르 서약)

나는 이 우연히 생긴 일로 우리가 얼마나 놀라는지, 영토들의 경계가 뚜렷해지는지, 시간의 흐름이 어떻게 변화하는지 최대한 자세히 밝혀보려고 한다. 842년 2월 14일 금요일, 아침 끝자락, 추위 속에서 일필휘지로 일곱 단계가 순식간에 새겨진다.

항목별로 나눈 일곱 단계를 따라가 보기로 하자.

1. 교구의 주교들과 수도원의 사제들이 *Le sacramentum*(서약)을 작성했다.

2. 두 왕은 선서를 하며 비잔티움의 그리스인들 방식으로 두 언어를 교차로 구사한다(즉 깨진 테라코타 패를 붙이듯이 상징의 두 조각을 맞붙이는 방식으로. 그리하여 왕들의 파롤[15]이 영원히 새겨져 민족에서 민족으로 전해지듯 언어에서 언어로 전해지게 한다).

3. 독일왕 게르마니쿠스 루이는 형이므로 동생의 군대 앞에서 **프랑스어로**(*in lingua romana*) 선서한다.

4. 프랑스왕 대머리 샤를은 아우이므로 형의 군대 앞에서 **독일어로**(*in lingua teudesca*) 선서한다.

5. 게르만계 프랑크족의 수장들—라틴어로 *ducs*—은 자신의 군대 앞에서 그들의 방언으로(*in lingua rustica*, 즉 그들 고유의 언어로. 독일 민족이므로 '원형-독일어'로) 두 왕들 사이에 체결된 목숨을 건 조약을 선포하여 독일어를 쓰는 전사들이 그 내용을 파악할 수 있게 한다.

6. '프랑스계' 프랑크족의 수장들—라틴어로 *ducs*—은 자신의 군대 앞에서 그들의 방언으로(*in lingua rustica*, 즉 그들 고유의 언어로. 프랑스 민족이므로 '원형-프랑스어'로) 두 왕 사이에 체결된 조약을 선포하여 프랑스어를 쓰는 전사들이 그 내용을 파악할 수 있게 한다.

15) parole: 언어학에서 '개인 차원에서 발화된 언어'를 뜻하는 용어.

7. 니타르는 '세 형태의 언어로' 엄숙하게 선언된 서약을 결국 **세 언어**(라틴어, 독일어, 프랑스어)로 자신의 책에 기록한다. 842년 2월 14일, 겨울 해가 중천에 솟을 무렵 일 강변에서 이날 이후로 구(舊) '아르겐타리아'는 '스트라스부르'라고 불린다.

그리하여 어느 겨울날, 어느 금요일 프랑스어와 독일어는 알자스의 평원과 연대기 안에 나란히 병기된다. 궁정 사관 니타르는 그 연대기를 라틴어로 작성했는데, 공들여 제모하고 무두질한 송아지 가죽에 거위 깃털로 썼다. 세 언어로 기록된 유럽의 로제타석인 셈이다.

Argentariae Sacramenta. Strazburger Eide. Serments de Strasbourg.

9. 일체의 도움을 주지 않으리라

니타르는 독일왕 루이와 대머리왕 샤를, 그리고 프랑크족의 수장들이 조약(*pactum*)을 선포하던 날, 얼어붙은 땅에는 눈이 펑펑 쏟아졌다(*subsequente gelu nix multa cecidit*)고 밝히고 있다.

2월 14일 눈보라 치는 혹한을 견디며 전진하는 그들의 얼어 붙은 입술 위로 발음된 첫 프랑스어 단어들을 니타르가 알아 듣는 즉시 기록한 바는 이러하다.

Pro Deo amour et pro christian poblo

et nostro commun salvament

si Lodhuwigs sagrament que son fradre Karlo jurat

ni je ni nul qui en puissent returnar

en nulle aide, contre Lodhuwighs, ne serai.

(하느님의 사랑을 위해, 기독교 민중과

우리의 공통된 구원을 위해,

만일 루이가 동생 샤를에게 맹세한 서약을 존중한다면

그런데 만일 나의 군주 샤를이 서약을 지키지 못한다면

나도 그 누구도 그를 저지할 수 없더라도

우리는 루이에게 해가 되는 어떠한 일에도 일체의 도움을 주지 않

으리라.)[16]

---

16) 갈로-로망어(프랑스어의 원형)로 씌어진 서약의 이 텍스트는 루이가 샤를의 군대 앞에서 선서한 것으로 '나'는 샤를의 병사를 가리킨다. 번역된 문장 가운 데 밑줄 친 부분은 키냐르가 원서에서 빠뜨린 것으로, 의미 전달을 위해 보완했다. 서약은 루이(혹은 샤를) 자신의 맹세와 샤를(혹은 루이)의 병사들 앞에 서 그들에게 당부하는 두 부분으로 이루어진다. 원문은 다음과 같다.

Pro Deo amur et pro christian poblo et nostro commun salvament, d'ist di en avant, in quant Deus savir et podir me dunat, si salvarai eo cist meon

이와 같이 최초의 프랑스어 텍스트는 맹세를 어길 경우 추방이라는 끔찍한 저주인 지고의 이중 부정으로 끝난다.

En nulle aide ne serai

Ni je ni nul.

(일체의 도움을 주지 않으리라

나도 그 누구도.)

하지만 맹세를 어긴 자는 없었다.

제국은 균등하게 분할되어 세 지역으로 광대하게 나뉘었

fradre Karlo et in adiudha et in cadhuna cosa, si cum om per dreit son fradra
salvar dift, in o quid il mi altresi fazet, et ab Ludher nul plaid nunquam
prindrai, qui meon vol cist meon fradre Karle in damno sit.

(하느님의 사랑을 위해 기독교 민중과 우리의 공통된 구원을 위해, 금일부로,
하느님께서 지혜와 권능을 주셨으므로, 나는 동생 샤를을 도움과 모든 원조로
구할 것인바, 형제를 구함은 마땅한 일이므로, 형평성에 의거해, 샤를도 내게
동일하게 해줄지니, 로테르와는 동생 샤를에게 해가 되는 어떠한 소송도 벌이
지 않으리라.)

Si Lodhuvigs sagrament, que son fradre Karlo iurat, conservat, et Karlus
meos sendra de suo part non lostanit, si jo returnar non l'int pois : no jo ne
neuls, cui eo returnar int pois, in nulla aiudha contra Lodhuvig nun li iv er.

(만일 루이가 동생 샤를에게 한 서약을 지키는데, 나의 군주가 지키지 않는다
면, 만일 나도 그 누구도 그를 저지할 수 없다면, 우리는 루이에게 해가 되는
어떠한 일에도 일체의 도움을 주지 않으리라.)

다. 중부 프랑시는 로테르의 수중에 남는다. 서프랑시는 대머리왕 샤를에게 돌아간다. 동프랑시는 독일왕 루이가 지배한다.[17]

여기에 이미 현재 유럽의 윤곽이 드러나 있다.

그리고—기원의 기이한 우발적 사건 속에, 입술에서 피어오르는 희끄무레한 숨결 속에, 하늘에서 떨어지는 수많은 (*multa*) 눈송이들 속에—유럽에서 발생한 모든 전쟁과 지금도 여전히 발생하는 다툼들이 이미 윤곽을 드러내고 있다.

10. 눈보라 속에서 출발

바로 다음 날인 842년 2월 15일 토요일 독일왕 루이는 출발한다. 라인 강을 따라가다 슈파이어[18]를 거쳐 보름스[19]에 자리를 잡는다.

842년 2월 15일 토요일 바로 다음 날, 대머리왕 샤를은 첩첩이 눈 쌓인 보주 산지의 숲을 관통한다. 훈스파흐[20]를 지나

---

17) 당시에는 '프랑크'를 '프랑시'라고도 했다.
18) Spire: 독일 라인 강 좌안의 도시.
19) Worms: 독일 서부의 도시.
20) Hunspach: 알자스 지방의 소도시.

고, 바이센부르크[21]를 떠난다. 그곳에서 자르브뤼켄[22]으로
가서 생아르누드메츠 수도원을 수복한다. 2월 24일 그가 한
일이다.

2월 14일 금요일의 서약은 6월 15일 목요일 마콩[23] 남쪽의
앙시야 섬에서 두 왕이 반지로 연서(連署)하고 봉인한다.

대머리왕 샤를과 독일왕 루이의 군대는 손 강의 이쪽과 저
쪽에서 동일한 거리—가운데 위치한 섬 자체가 연안에서 동
일한 거리를 유지하듯—를 두고 주둔한다.

842년 2월 14일 한파 속 스트라스부르에서 선언되어 6월
15일 목요일 앙시야 섬에서 봉인된 서약은, 이듬해인 843년
8월의 더위 속 뫼즈 서부 연안에서 체결된 베르됭 조약으로
영토가 분할됨으로써 완결되었다.

하지만 니타르는 *Civitas Veodunensium*(베르됭[24] 도시)에 가
지 않는다.

---

21) Weißenburg: 비상부르Wissembourg(프랑스어식 발음)라고도 한다. 지금의
   알자스 지방에 독일과 국경을 접한 마을.
22) Saarbrücken: 독일 자를란트 주의 주도.
23) Mâcon: 프랑스 중동부 손 강 연안의 도시.
24) Verdun: 프랑스 북동부 룩셈부르크와의 국경지대에 있는 도시.

VI

(니타르의 죽음에 관한 책)

1. 니타르의 과민한 은퇴

842년 12월 14일 대머리왕 샤를은 에르망트뤼드와 결혼한다. 그녀는 루아르 강 유역을 지배하던 에우데스 공작의 딸이고 아달하르트의 질녀이다. 니타르는 퐁트누아 전투 때 자기파(派)가 아닌 아달하르트 휘하에서 복무했다. 그는 영토 분할이 자신에게 유리하지 않을 것임을 알고 있다.

니타르는 즉시 대머리왕 샤를의 궁정을 떠난다. 왕비가 겨울 한철을 발랑시엔[1]에 머물고 있을 때이다.

그는 말을 타고 12월의 눈 속을 달려간다.

---

1) Valenciennes: 프랑스 북부 노르 주의 주도.

그는 정계에서 물러나면서 다음과 같은 말을 했다. 그 말은 불행하고 양분된 마음을 아주 잘 표현하고 있다. "불화와 적개심에 시달리는 불안한(*anxia*) 내 사고(思考)는 정치에서 완전히 빠져나갈 방법을 끊임없이 모색한다. 하지만 필연적으로 내 운명이 두 대립 진영에서 일어나는 온갖 일에 너무 단단히 결부된 탓에, 나는 어쩔 수 없이 무시무시하게 몰아치는 폭풍우 속에서 끊임없이 흔들리고 있다. 그래서 내 삶이 어디로 흘러가는지 전혀 모르고 있다."

니타르가 집필한 『역사』 마지막 권 제4장 말미에 843년 3월 19일로 기록된 최종 사건은 완전히 캄캄한 하늘 한가운데서 일어난 일식이다.

2. 니타르의 유언

843년 3월 19일 달이 캄캄해지자 갑자기 온 세상이 칠흑 같은 어둠에 묻혔으므로 니타르는 거위 깃털을 내려놓고, 칼을 정리하고, 잉크병을 닫는다.

그는 평신도로서 자기 아버지처럼 생리키에 수도원의 원장 사제가 된다.

루키우스 수도사는 여전히 살아 있다.

새잡이 페누키아누스도 여전히 살아 있다.

화가 크리크빌트도 여전히 살아 있다.

베르트도 여전히 살아 있다.

쌍둥이 형 아르트니도 여전히 살아 있다.

니타르라는 인물은 종교적인 관점에서 앙길베르 성인이 된 아버지의 신심과 비교하면 기이하다. 그는 하늘과 신을 사랑한다. 아니 차라리 하늘을 사랑하듯 신을 사랑한다.

훗날 쉬제가 기이한 개혁을 펼치면서 신과 빛을 분리하지 않게 되는 것과 마찬가지다.

수도원장 니타르 백작은 자신이 죽으면 기독교 묘지에 매장하되 곧바로 별들이 올려다보이는 곳에 묻어줄 것을 수도원의 수도사들에게 부탁한다.

"아버지는 수도원 내 십자가 아래 계신다. 나는 밖에, 하늘 아래 있으리라."

3. 니타르의 죽음

843년 봄 Normands(노르망디 사람들)의 함대는 캉슈[2] 강변의 캉토비크[3]를 약탈하고, 망슈 해협의 지류를 건너, 햄윅[4] 항구를 초토화시키고, 템스 강을 거슬러 올라가 런던을 휩쓸고 돌아온다.

844년 노르만인들Nordmann—노르망디 사람들—이 귀환한다. 그들은 로마인들이 솜 강변의, 캉슈 강변의, 센 강변의, 욘 강변의, 루아르 강변의, 가론 강변의 고대 빌라들과 '바실리카 회당'[5]을 약탈했던 것처럼 프랑크족의 새로운 수도원들과 '예배당들'을 약탈한다.

니타르는 그들과 싸우다 전사한다.

수도원장 니타르 백작(*abbas et comes Nithardus*)은 노르망디 검에 머리를 맞아 죽는다.

두개골이 갈라지자 그는 즉사한다. 그의 두 다리가 풀어진다. 몸뚱이가 파도 속으로 쓰러진다. 갈매기와 바닷새 들이 그에게 달려든다.

사람들이 시신을 육지로 끌어낸다. 하늘의 새들이 끼룩끼룩 울고 아우성을 치면서 뒤쫓는다.

그의 옷을 벗긴다. 살이 소금기에 절여졌다(*sale perfusum*).

자주색 천으로 몸을 감싼다.

가죽 테두리를 댄 나무 들것(*lecticam ligneam coriatam*)에 시

2) 94쪽 주 37 참조.
3) Quentovic: 27쪽 주 13 참조.
4) Hamwic: 11세기까지 사우샘프턴으로 불리던 영국 남부의 항구도시.
5) 재판을 하고 상품을 거래하던 장방형의 건물.

신을 눕힌다.

시신을 수레로 옮겨 생리키에 수도원까지 운반한다.

수도원 앞뜰의 계단 중 하나 아래에 그가 요청했던 대로 매장한다. 고대 프랑크인들의 방식에 따라 별들과 수직으로 일직선을 이룰 수 있게.

대머리왕 샤를은 오지 않는다.

아르트니가 장례미사에 참석했는지 여부는 알 수 없다.

4. 사르의 눈물

옛날 어느 날 샤먼 사르는 바다를 바라보고 앉았다. 눈물을 흘리며 흥얼거렸다.

"태양을 향해 떠난 아르트니는 어디 있는가? 이 질문은, 내가 더 이상 볼 수 없는 해가 떠서 두 손에 따스한 햇살이 느껴질 때마다 어김없이 떠오른다."

장난감 배[船]들이 대마를 엮은 갈색 끈의 실꾸리로 포동포동한 조막손에 연결되어 있다.

끈이 짧은데도, 민첩하지 못한 손놀림 탓에 아이들과 장난감들을 잇는 실은 엉키고 만다.

물기를 머금은 끈이 차츰 묵직해지며 끈적거린다.

욕망들의 혼선, 후회와 도전과 소심함이 뒤섞인 열의가 끈을 뒤얽히게 만든다.

흐르다가 솟구치는 파도 위의 배가 자기네 뜻대로 움직인다고 믿어

갑자기 성급해진 아이들은 배의 줄을 다시 풀고 당기느라 엉킨 줄을 풀지 못한다.

우리는 너무 빨리, 너무 일찍, 너무 무력하게, 무가치한 일을 하다가 죽는다.

아르트니는 어떤 사람이었는가? 그는 어떻게 동생의 죽음을 알게 되었을까? 퐁트누아 전투가 벌어졌을 때 어디에 있었을까? 프랑크인들이 처음으로 프랑스어를 말하기 시작했을 때 어디에 있었을까? 그때 옛 아르겐타리아인 새로운 스트라스부르의 작은 나무 교각들이 즐비한 일 지방의 작은 계곡들과 운하들은 자욱한 안개에 뒤덮여 있었을까? 그는 손 강6)변 앙시야 섬에서의 영토 조정에 참여했을까? 니타르가 발랑시엔에 있는 샤를 왕의 궁정을 떠나기로 결정했을 때, 아르트니는 그곳으로 돌아갔을까?

하지만 솜 만의 샤먼 사르는 더욱 간결하게 이렇게 노래했다.

---

6) Saône: 프랑스 동부의 강. 론 강의 오른쪽 지류로 리옹에서 론 강과 합류한다.

"나는 방방곡곡 그의 얼굴을 찾아다니게 되었다. 마치 그가 존재하지 않는 자신의 얼굴을 찾으러 다녔던 것처럼."

5. 사르와 아르트니

아르트니의 혼(魂)이 혼자 중얼거렸다. 에페수스에 있는 사냥의 여신 디아나의 신전에서였다.

"만일 나 자신을 정말로 알았더라면, 내가 소스라치게 놀라 도망쳤을까?"

샤먼이 일출을 바라보며 백사장에 앉아 노래를 부르던 바로 그날, 그 시간, 그 순간 아르트니는 산 아래 에페수스의 성문에 있었다. 간직했던 사르의 머리칼을 신음 소리를 내며 한 올씩 빗살에서 떼어냈다.

머리칼을 전부 디아나 신전의 불길에 태우고, 한 올만 남겨 목에 매었다.

아르트니는 눈먼 노파인 샤먼을 사랑했을까?

어쩌면 밤하늘에 있는 달의 여신을 사랑했던 건 아닐까? 왜 밤하늘에 달이 뜨자 사슴들을 거느린 디아나 여신의 신전에서 머리칼을 불태운 것일까?

어쩌면 남자들, 여자들, 선박들, 말〔馬〕들, 머리칼, 갈기, 돛, 검고 푸른 날개, 어치보다 단지 밤 그 자체를 더 사랑했던 건 아닐까?

빗은 멋진 거였다. 하얀 상아 재질이었다. 커다란 상아로 된 빗살 받침대에 고정된 여덟 개의 빗살에는 빨간색과 구릿빛 도는 노란색 보석들이 박혀 있었다. 하지만 아르트니는 글렌덜록의 여왕을 잊었다. 자신에게 빗을 준 당사자인데도 말이다. 그는 튈랭을 잊은 것처럼 아일랜드의 알릴라를 저버렸다. 매우 어리석게도 월귤나무 열매를 거부했던 뤼시야를 잊었다. 깡말랐던 마크르를 잊었다. 비잔티움의 외독시에 대해서는 기억조차 가물가물했다. 그는 여인들의 머리칼과 길게 땋아 내린 머리, 틀어 올린 머리, 그 냄새, 얼굴을 묻던 비단 같은 머릿결, 드러난 목덜미며 하얗게 도드라진 쇄골의 뼈나 자신이 절정에서 토하는 한숨을 쓸어 담던 귓구멍을 무척 좋아했다.

빗을 만든 솜씨며 상아 재질, 보석, 색깔, 가격이야 아무렴 어떠랴.

아르트니는 빗을 골풀들 속에 내던졌고, 모래사장의 뻘에 방치했다.

단지 사르의 머리카락 한 올에 조부의 초상이 새겨진 금화를 매달아 목에 걸었다.

"사랑은 이렇게 하는 거야"라고 아르트니가 말했다.

"세상과 이렇게 작별하는 거지"라고 되풀이해 말했다.

6. 페누키아누스라는 이름의 새잡이 이야기

페누키아누스의 손에는 늘 까마귀 한 마리가 있었다. 페누키아누스로 불리던 매부리는 주술사였다. 그는 까마귓과 새들(작은 흑까마귀, 떡갈나무의 검고 푸른 어치, 부리가 하얀 떼까마귀) 덕분에 원하는 사람들을 만날 수 있었다. 글자를 읽을 줄도 모르지만 박식했다. 심지어 '현자sage', 즉 마법사sorcier이기도 했다.

니타르가 죽고 나서 페누키아누스는 늙은 루키우스와 우정을 나누었다.

새잡이는 제후들을 위해 매들과 독수리들, 참매들과 쇠황조롱이들, 새매들을 새장에 넣었다. 하지만 사실인즉 그는 부리에 쪼이고 뜯긴 새잡이의 가죽 장갑 안에 마법의 손 하나를 숨기고 있는 명인이었다.

실제로 그가 조련했던 것은 영혼들로서, 하나씩 하늘로 돌려보내기 위해서였다.

한데 가장 생생한 영혼들은 가장 칙칙한 것들이었다.

한데 가장 칙칙한 것들은, 맹세컨대 연탄처럼 시커먼 까마귀들이었다.

7. 페누키아누스의 가르침

페누키아누스는 글자라곤 한 자도 몰랐지만 새들에 관해서라면 모르는 게 없었고, 새들을 통해 세상 사람 누구에게나 원하면 말을 걸었다.

그는 자신에게 글자를 가르칠 생각을 품었던 루키우스에게 차츰차츰 새들의 노래를 가르치기 시작했다.

그는 새들의 노래를 식별하는 법부터 시작했다. 루키우스 수사는 숲에서 새들의 노래를 구분하게 되고, 멜로디로 통통한 몸집을 떠올리게 되고, 리듬의 주파수에 따라 각기 다른 깃털들의 빛깔과 색조를 그릴 수 있게 되자 기뻐서 눈물을 흘렸다.

그는 생김새를 보지 않고도 이름을 붙여주는 것을 좋아했다. 언어의 기능이란 그런 것이므로.

밤이 끝나갈 무렵 페누키아누스는 그의 팔을 잡더니 이렇게 설명했다.

"이건 슈베슈chevêche라는 올빼미, 이건 울새에게 화답하는 올빼미, 이건 밤에 장작 광의 낡은 지붕 위에서 노래하는 올빼미예요. 녀석들은 영혼을 홀리는 이중창을 부른답니다."

"나는 이해하기보다는 관찰하는 게 더 좋아요." 페누키아누스가 말했다.

"읽는 것부터 시작하시게." 루키우스 수도사가 대꾸했다.

페누키아누스가 루키우스 수도사에게 말했다.

"헛간 올빼미chouette effraie[7]는 몸통 아래쪽이 순백색이라 알아보기 쉬워요. 까만 몸통에 만년설이 한 점 들러붙은 꼴이거든요. 야심한 밤에는 이 솜털에서 빛이 난답니다. 초승달처럼 매혹적이죠. 어떤 땐 갑자기 번갯불처럼 번쩍하다 사라지는 바람에 간담이 서늘해져요. 날카로운 울음소리가 길게 이어지면 왈칵 구토증이 일기도 하고요. 끝없이 긴 홑청을 세로로 찢는 것 같은 소리가 그치지 않을 것처럼 느껴지거든요. 하지만 울음소리가 반복되진 않아요. 단지 자신이 찾아낸 잠자리의 위치와 그곳에서 편안하게 잠들고 싶다는 신호를 다른

[7] 가면 올빼미속에 속하며 '외양간 올빼미' 혹은 '하얀 부인Dame blanche'이라고도 불린다.

올빼미들에게 보낼 뿐이라, 이윽고 입을 다물고 조용해진답니다. 울음소리의 메아리가 잦아들기도 전에 느닷없이 잠에 곯아떨어지니까요. 다시 동이 트느라 희미한 빛, 유일신처럼 두려움에 떨게 만드는 빛이 퍼지기 시작할 무렵 종루 위에서, 낡은 탑의 돌 위에서, 숲 기슭에 있는 장작 광의 부서진 기와 위에서 잠을 잔답니다.

녀석은 예전에 로마의 귀부인이 그랬듯이 절대로 정면을 바라보는 법이 없어요.

싸울 때는 몸을 뒤집어요. 먹잇감을 바라보는 일 없이 어둠 속에서 오직 움직이는 소리만 듣고도, 머리를 뒤로 젖힌 채 먹잇감 앞으로 발톱만 내민답니다. 마치 먹잇감이 내는 소리를 잡으려고 두 손을 내미는 것처럼 말이죠."

"올빼미가 당신에게 건네는 노래를 당신 자신의 수의(壽衣)가 찢어지는 것처럼 느껴보세요."

"영혼이 찢어지는 바로 그 순간에 영혼은 사고(思考)라오." 루키우스 수도사가 말했다.

"나는 판단을 내리기보다 사고하는 게 더 좋아요. 느끼는 것은 두 눈을 감는 거지요." 페누키아누스가 말했다.

"그런데 사고하면서 자네는 계속 꿈을 꿀 수 있다네. 사고하면서 계속 어둠 속에 있을 수 있고." 루키우스 수도사가 대답했다.

페누키아누스가 루키우스 수도사에게 말했다.

"수컷 딱따구리는 나무줄기를 두드리는 걸 좋아해요. 목소리보다 악기를 선호하는 최초의 음악가이죠. 자기 전용의 악기 제조자이기도 하고요. 그의 노래는 그가 좋아하는 나무예요. 쪼아대면 목관악기처럼 울리거든요. 작은 진홍빛 머리를 흔들며 매일 자신의 노래를 파내는 아름다운 악기 제조자인 그는 이렇게 둥지를 조각해내는 거예요. 깊이로 파내고 소목질하는 소리를 귀담아들어가면서 말이죠. 딱따구리는 애벌레를 아주 좋아해요. 나무를 쪼다가 울리는 소리로 껍질 밑에 숨은 애벌레를 찾아내죠. 그래서 즐겨 먹는 애벌레를 많이 품은 나무를 무척 좋아하고요."

"나는 식별하기보다 느끼는 게 더 좋아요." 페누키아누스가 말했다.

"자네는 사랑할 준비가 된 것 같네." 루키우스가 대답했다.

페누키아누스는 루키우스 수도사에게 이렇게 말했다.

"말똥가리는 노래하지도 두드리지도 않아요. 어떤 이들은 말똥가리가 '고양이 울음소리를 낸다'라고 말해요. 간혹 다른 이들은 말똥가리는 야옹거리기보다 '삐악거린다'라고 말하기도 하죠. 그런데 모두가 말똥가리 나름이랍니다. 좌우간 갑자기 나뭇가지에 매달려 우는 작은 고양이 같긴 해요."

그러자 루키우스 수도사가 눈물을 흘렸다. 자신이 사랑했던 고양이가 생각나서였다.

샤먼 사르는 코를 따라 흐르는 수도사의 눈물을 이해하지 못하는 새잡이를 밀어냈다.

눈먼 늙은 무녀는 루키우스 수도사에게 다가가 그를 꽉.잡았다. 그를 품에 끌어안고, 아무 말도 하지 않았다.

그는 울고, 또 울었다.

그러고 나서 그녀는 연로한—그래도 그녀보다는 나이가 적은—두 남자 앞에서 아르트니에 대해 언급했다.

"그는 일종의 알아차리기 힘든 기품으로 수치심을 덮어 감추는 부류에 속해요. 곤궁한 육체—차츰 가늘어진, 탱탱하기보다는 쭈글쭈글 파인, 백전노장이 아니라 부상자 같은—를 감당하며, 일체의 권력을 버리고, 총애를 잃는 것마저 감수하면서 말입니다. 그런 이들은 검은 옷을 입고 슬그머니 어둠 속으로 빠져들어요."

8. 사랑의 모험들

아르트니가 조부의 사망 소식을 알게 된 자초지종은 이러하다.

그는 라구사[8] 항구 위쪽 산에 있었다. 아무 생각 없이 아름다운 풍광 속을 걸었다. 회양목과 오랑캐꽃들이 핀 오솔길을 따라가다가 알 수 없는 감동에 사로잡혔다.

한 나뭇가지에서 너새 소리가 들리는 듯했다.

너새[9]의 노랫소리는 이러하다. 즉 바스락거리는 소리.

발아가 최고조에 이른 순간 금작화[10]의 검은 꼬투리가 터지듯이 너새는 느닷없이 바스락바스락 소리를 낸다.

그때 알았다. 그래서 그는 배를 탔다.

샤를마뉴가 사망한 직후에 앙길베르가 잇달아 죽었다. 친구들은 이렇게 죽는다.

그는 어머니 베르트 옆에서 명복을 빈 다음에 떠났다.

그는 리키에 왕에게 헌정된 수도원 부속교회의 홀 중앙에 있는 아버지 무덤 앞에 엎드릴 때 동생 니타르를 보지 못했다.

---

8) Ragusa: 시칠리아 섬 남동부에 있는 항구도시.
9) 작은 독수리 또는 물수리.
10) 양골담초라고도 하는 장미목 콩과의 소관목. 열매가 익으면 꼬투리가 터져 종자가 사방으로 퍼진다.

아르트니가 동생 니타르의 죽음을 알게 된 자초지종은 이러하다.

"Was mir die *Tiere im Wald* erzählen?(숲속의 짐승들이 내게 무슨 말을 하겠니?)"라고 베레타가 자신의 모국어로 아르트니에게 물었다. 814년 1월, 그녀의 부친인 샤를마뉴가 죽자 경건왕 루이가 그녀를 수도원에 유폐시켰고, 아들 아르트니가 그곳으로 돌아왔을 때였다.

면회실에 있던 아르트니는 철책 너머의 어머니에게 아무런 대답도 하지 못했다.

그는 이미 어머니가 구사하는 언어를 알아듣지 못했다.

어머니가 프랑스어로 말했다. "이건 폐허야. **숲의 짐승**들이 내게 무슨 이야기를 들려주겠니?" 그녀가 거듭 말했다. "이건 폐허야."

"Was mir die Liebe erzählt?(사랑이 내게 무슨 말을 하겠는가?)" 이것이 아르트니가 생각한 바였다. 이제 와서 자신의 삶을 티오이스인들[11]의 언어로 옮겨야 한다면 말이다. 그는 다

---

11) Thiois: 네덜란드 방언에서 유래한 단어로 프랑스 로렌 지방의 사람들을 가리킨다.

시 떠났다. 어디로 가는지 아무도 알지 못했다. 어떻게 생계를 이어가는지 전혀 알지 못했다. 그는 여행을 했다. 항해를 했다. 말을 타기도 했다. 어느 한곳에 머물지 않았다. 소문에 따르면 그가 아주 어릴 때 솜 강 연안에 살던 무녀가 그의 목숨을 구해주었다고 했다. 그는 거의 말이 없었다. 먹지도 않았다. 그의 이름은 동생의 이름 철자를 거꾸로 뒤집은 것에 불과했다. 그래서 그는 어느 세상의 환영에 불과한 이 세상에 무관심했다. 하지만 쌍둥이 동생인 니타르가 살아생전에 형에 대해 품었던 생각은 이러하다. 즉 그것은 정상이 아닌 방향으로 정신이 확고하게 돌아선 한 남자의 무관심에 관한 문제였다. 유일한 어느 여인의 얼굴을 지닌 한 존재가 그의 발걸음과 욕망을 끌어당기고, 낮에도 수없이 떠오르고, 밤에는 꿈속에 나타났다. 그는 과오보다 수치를, 쾌락보다 욕망을, 왕권보다 호기심을, 명예보다 방랑을, 요새화된 교각보다, 포장된 골목길보다, 마을의 광장보다, 부두의 선착장보다, 궁정의 홀보다, 그곳에서 크게 외치는 권력자의 이름보다 바다와 숲, 짐승들과 새들을 더 좋아했다.

외관상 그의 삶은 성자의 삶이지만 어디까지나 외관에 불과했다.

조부는 쌍둥이가 갓 태어났을 무렵 황제가 되었다.

그들이 뿔뿔이 흩어진 후에 사망했다.

시신은 궁중 예배당의 지하 납골당에 안치되어 미라가 되었다.

심장과 간은 기이한 묘 안에 놓였다.

다름 아닌 하계의 여신 페르세포네[12]가 새겨진 로마의 멋진 석관이었다. 그녀는 하데스 신에게 납치되던 순간 엔나[13] 들판에서 꽃을 따고 있었다.

라벤나[14]의 늪 기슭에 있는 사자(死者)들의 여신을 선택한 것은 황제 본인이었다.

그는—마르쿨 성인의 샘에서 은둔 왕이 프랑크인들의 목구멍을 치유하던 손놀림으로—여신의 아름다운 대리석 얼굴의 아래쪽을 만졌다.

하지만 손자 아르트니로 말하자면, 서슴없이 죽음의 여신보다 사랑하는 여인의 알 수 없는 얼굴을 더 좋아했다.

입을 크게 벌리고 고통으로 울부짖는 신이 매달린 십자가

---

12) Persephone: 그리스 신화의 제우스와 대지의 여신 데메테르의 딸. 꽃밭을 거닐다가 하데스에게 납치되어 하계로 끌려갔고, 데메테르의 강력한 요구로 다시 지상으로 돌아올 수 있게 되었다. 하지만 하데스가 건넨 석류를 먹었기 때문에 하계를 완전히 떠나지 못하고 1년 중 3분의 2는 지상에 머물고 나머지 3분의 1은 하계에서 하데스의 아내로 지내게 된다.

13) Enna: 이탈리아 시칠리아 섬에 있는 지역.

14) Ravenna: 아드리아해와 연결된 이탈리아의 도시.

보다도 상냥한 그녀의 얼굴을 더 좋아했다.

아르트니 왕자의 말이다.

"늪을, 고인 물을, 강박적이고 확고부동하고, 항구적인 것을, 진창에 빠진 것들을, 반복적이고, 느린 것들을, 움직이는 모래를, 관조를, 황홀경을 습관적으로 죄악이라고 부르는 이유를 나는 알지 못한다. 또한 고약한 날씨를, 죽음을, 전쟁을, 승리를, 내리치는 벼락을, 유기(遺棄)에 의한 울부짖음을, 창을, 검을, 해면을, '역사'를 습관적으로 덕성이라고 부르는 이유도 나는 알지 못한다."

9. 바그다드에 있는 아르트니

바그다드에 도착한 아르트니는 마침내 그 얼굴을 보았다. 그에게는 여인의 얼굴이 마음에 품었던 얼굴과 기대 이상으로 유사할 것이라는 확신이 있었다. 온몸이 붉게 달아올랐다. 젊은 여인에 대해 알아본 바에 따르면 상인들 대부분이 거주하는 알카르흐 거리에 살고 있었다. 그는 여인의 집 바로 맞은편 집을 비싼 값에 빌렸다. 공들여 집을 꾸몄다. 샘을 보수했다. 정원의 조경에도 신경 썼다. 새롭게 장식하고, 꽃나무, 오렌지나무, 나무딸기, 레몬나무, 종려나무 들을 심고, 새들도 준비했다.

정원에서 그녀의 창문이 보였다.

그녀가 창가에 나타나 정원에서 진행 중인 작업 상황을 바라볼 때면, '그녀의 얼굴이구나!'라고 생각했다.

작은 숲에 몸을 숨긴 채 그녀를 올려다보며 형언할 수 없는 감정을 느꼈다.

사랑하는 이들과 뜻밖에 만나는 일은 세상에서 가장 아름다운 순간이다. 그들이 나타나면 어떤 놀라움이 배가되기 때문이다.

드디어 그는 이웃 사람들을 대접하고 완전히 새롭게 꾸민 집도 보여줄 겸, 구역의 장과 더불어 개최한 연회를 빌미로 그녀를 아버지와 함께 집으로 불러들일 수 있었다. 그는 그녀에게 인사하고 다가갔다.

"손이 빨갛네요."

"매일 항아리를 만들어서 그래요."

"내가 찾아 헤매던 그 얼굴이 아니네요."

"이게 제 얼굴인 걸요."

실망한 그가 재차 말했다.

"내가 찾아 헤매던 그 얼굴이 아니로군요."

"신이 제게 주신 얼굴이랍니다. 저의 붉은 손으로 다른 얼굴을 만들 순 없지요."

10. 수피[15] 주나이드[16]

880년 수피 주나이드는 이렇게 썼다. "존재의 근본은 나타나서 '이것이 나다'라고 말하지 않는다. 존재의 근본은 자아를 알지 못한다. 그저 나타날 뿐이다. 그리고 다시 닫힐 뿐이다."

15) Soufi: 수피즘Sufism을 신봉하는 무슬림. 8세기 이후 이슬람교가 수니파와 시아파로 분열된 후 시아파에서 나타난 신비주의. 철저한 금욕주의 입장에서 자기 수행과 고행을 요구한다.
16) Junayd de Baghdad(830?~910): 초기 이슬람 신비주의의 위대한 성인인 수피.

VII

(성녀 윌랄리의 세퀜티아[1])

1. In figure de colomb volat al ciel(비둘기의 형상으로
하늘로 날아올랐다)

　그녀의 옷은 차가운 대기로 숨을 내쉴 때 생기는 숨결의 결
정체들로 이루어졌다. 몸이 훤히 비쳐 보였다. 욕망으로 꼿꼿
해진 유두는 물론 귀와 마찬가지로 섬세한 성기의 윤곽까지.
　성기는 'e'라는 철자와 흡사했는데, 그뿐이다.
　그것이 귀와 성기의 유일한 차이점이었다.
　그녀는 목이 잘렸다. 잘린 목에서 새 한 마리가 나왔다.

---

1) sequentia: 가톨릭 용어로 속송(續誦), 추창(追唱)을 뜻한다.

2. 프랑스 문학의 탄생

프랑스어로 기록된 최초의 흔적은 842년 2월 14일 금요일로 거슬러 올라간다. 라인 강변의 스트라스부르에서였다.

최초의 프랑스 문학작품은 881년 2월 12일 수요일로 거슬러 올라간다. 스헬더[2] 강변의 발랑시엔에서였다.

프랑스어로 기록된 이 최초의 시에 관례적으로 「성녀 욀랄리의 세퀜티아」라는 제목이 붙여졌다. 원래 양피지에 쓰인 성가(聖歌)에는 제목이 없다. 그런데 왜 '세퀜티아'인가? 로마시대의 옛 성당이나 프랑크인들의 로마네스크 양식의 새 성당에서 부르던 성가를 사제들이 라틴어로 그렇게 지칭했기 때문이다. 옛 성당이라면 고대 돔 양식의 천장 아래에서, 새 성당이라면 최신 '예배당'의 수직으로 솟은 반향이 잘되는 궁륭 아래에서 그들은 노래를 불렀다.

877년 말 10월 6일, 카롤링거 왕조의 마지막 황제인 대머리 샤를──니타르는 예전에, 840년대에 그의 사관(史官)이었다──은 모리엔[3] 계곡의 마구간에서 비참한 최후를 맞았다.

---

2) Schelde: 유럽의 세 나라(프랑스 북부, 벨기에 서부, 네덜란드 남서부)를 관통하며 흐르는 350킬로미터 길이의 강.
3) Maurienne: 프랑스 사부아 지역의 알프스 산맥의 계곡.

그곳에는 그의 사지를 따뜻하게 해주고 두려움을 달래줄 당나귀나 소의 숨결조차 없었다.

878년 초 여드레에 걸쳐 성녀 윌랄리의 유골이 발랑시엔의 하천 부두까지 배로 운송되었다.

2월 12일 부두에서 주교가 유골을 인수했다.

바로 그날 라틴어 성가 *Sequentia Sanctae Eulaliae*(「성녀 에울랄리아[4]의 세퀜티아」)가 수도사들의 입에서 울려 퍼졌다. 발랑시엔 교구의 신부 및 성직자 모두와 뒤따르는 신도들과 신부 사택의 노예들이 함께 큰 대열을 이루고 장엄한 노래를 부르며 생타망 수도원으로 갔다. 그리고 성녀 윌랄리의 유골을 주(主) 예배당의 내진(內陣) 아래 위치한 지하 납골당에 안치했다.

3년 후, 더 정확히 881년 2월 12일, *Sancta Eulalia*(성녀 에울랄리아)에게 헌정된 라틴어 애가는, 그녀의 성골 반출 및 연례 축일의 행사 준비를 계기로 해서 프랑스어로(*in lingua romana*) 번역되었다. 행렬에 참여한 신도들, 즉 바르셀로나의 순교자인 성녀의 유골이 담긴 성골함을 뒤따르는 신도들이 쉽사리 의미를 알고 노래할 수 있게 할 의도였다.

---

4) 윌랄리의 라틴어명.

프랑스어 최초의 시(詩) 텍스트는 무두질하지 않은 사슴 가죽으로 제본된 수사본 말미에 멜로디와 함께 샤를마뉴 시대의 문자로 기록되었다.

Liber Pilosus(『털북숭이 책』)라는 수사본의 명칭은 여기서 유래한다.

1837년이 되어서야 비로소 한 석학이 발랑시엔의 도서관에서 문집 말미의 뒤표지인 사슴 가죽의 털 없는 표면에 881년 2월 초에 베껴 쓴 29행의 프랑스어 시를 찾아낸다.

*Liber Pilosus*는 현존한다.

여전히 발랑시엔의 도서관에 있다.

안경과 코와 시선이 털도 뽑지 않은 가죽에 가까워지면, 9세기의 낡은 털북숭이 책에서는 아직도 아르덴 숲과 검은 피, 겨울 사냥의 냄새가 진하게 풍긴다.

프랑스 문학은 29행 시로 지속되는 매우 짧은 한 생애로 시작된다.

알고 보니 프랑스인의 최초의 영혼은 새이고, 프랑스어 최초의 시는 10음절이다.

3. 성녀 윌랄리의 생애

다음은 그 첫번째 행이다.

Buona pulcella fut Eulalia(에울랄리아는 선한 처녀였노라).

옛날에, 예수 탄생 이후 276년의 어느 날 에울랄리아는 디
오클레티아누스[5] 황제가 통치하던 바르셀로나 도시에서 출
생했다.

기독교를 박해하던 시기인 289년 로마 원로원은 디오클레
티아누스 조비우스에게 어린 소녀—*la buona pulcella*(선한 처
녀)—를 반(反)로마, 반(反)주피터, 반(反)번제(燔祭)의 죄목
을 씌워 조비우스 산의 성채에 투옥할 것을 요청했다. 요컨대
그녀는 유대인이며 기독교인이었으므로.

그녀가 열네 살이 되어 성인이 된 290년, 바르셀로나가 내
려다보이는 산 정상에서 모두가 지켜보는 가운데 자치시의
고위층을 앞에 두고 재판이 열렸다.

젊은 처녀는 개종을 거부했다.

---

5) Gaius Aurelius Valerius Diocletianus Augustus(244?~311?): 로마 황제(재
   위 284~305). 디오클레티아누스 조비우스라고도 불린다. 제국의 혼란을 수
   습하고 황제 중심의 통치 체제를 회복시켰으며, 사두정치 체제를 창안하고 여
   러 가지 개혁으로 제국의 쇠퇴를 막아보고자 했다. 그 일환으로 기독교를 탄
   압했다.

그러자 막시미아누스[6]가 끈으로 그녀의 두 손을 묶은 다음, 그녀에게 무릎걸음으로 바다의 제방에서 원형극장에 이르는 주요 도로를 천천히 주파하게 했다.

그녀는 여전히 무릎걸음으로 나무 계단을 거쳐 이미 세워진 화형대로 올라간다.

로마의 한 백부장이 나뭇가지에 불을 지피자 장작들이 타오른다. 그녀의 옷이 탄다. 한데 살은 타지 않을 뿐 아니라 오그라들지도 않는다. 젊은 처녀의 가냘프고 매끈한 몸은 완전히 알몸이 된 채로 불 속에서 온전하다. 불길이 그녀의 피부를 피한다.

"그러자 막시미아누스는 에울랄리아를 참수하라고 명령했다."

그런데 그녀의 머리가 떨어지는 순간, 잘린 목에서 그녀의 영혼이 재빨리 새 한 마리의 형상으로 나왔다.

프랑스어 최초의 시는 숭고한 행으로 끝을 맺는다. 다음은 우리 언어로 쓰인 최초의 시 마지막 행이다.

In figure de colombe volat al ciel(비둘기의 형상으로 하늘로 날아

---

6) Marcus Aurelius Valerius Maximianus Herculius(250?~310): 디오클레티아누스와 함께 로마를 통치한 황제(재위 286~305).

올랐다).

프랑스어는 갓난애가 어머니의 성기에서 나오듯 라틴어에서 나온다. 새가 성녀의 목에서 나오는 것과 마찬가지로.

In figure de colombe volat al ciel.

'겨울'은 라틴어에서 여성형이다.

카탈루냐인들의 왕국에서 에울랄리아는 늙은 *Hiems*[7]를 가리키는 말이다. 연말에 사람들은 늙은 *Hiems*의 목을 벤 다음에, 도시의 성벽들과 소교구의 밭들을 열두 번 돈다. 긴 여정이 끝나면 바닷가에서 짚으로 만든 *Hiems*의 인체 모형을 불태운다.

L'Hiver[8]는 이제 **죽었다**.

어둠 속에 태음년(太陰年)[9]의 첫 달이 솟아오른다.

몹쓸 날들이 끝난 것이다!

한없이 지속되는 기나긴 밤들이 끝난 것이다!

늙은 *Hiems*의 잘린 머리에서 봄이 새들의 노랫소리 가운데로 솟구친다.

7) '겨울'을 뜻하는 라틴어.
8) '겨울'을 뜻하는 프랑스어.
9) 순수한 태음력에서의 1년으로 1년은 열두 달이지만, 354일 또는 355일밖에 안 되어 태양년보다 10~11일이 짧다. 그래서 태음태양력에서는 몇 년에 한 번씩 윤달을 두고 열세 달의 1년을 만들어 계절과 맞추고 있다.

카탈루냐어로는 'dans le cant dell ocells(새들의 노랫소리 가운데로)'라고 한다.

순교한 젊은 여인의 유골에 경의를 표하고, 3음절의 아름다운 이름을 노래로 불렀다. 2월 12일 마지막 안개가 끼고, 최후의 얼음이 얼고, 창백한 태양이 바닷물에서 간신히 떠올라 카탈루냐인들의 명예로운 항구 아래로 햇살이 퍼질 때였다.

Eu-lalia(에우-랄리아)는 고대 그리스어로 **아름다운 말**〔言〕을 뜻한다.

La 'belle parole(아름다운 말)'이라는 프랑스어는 라틴어 사어(死語)에서 나온 것이다.

그리스어로 '아름다운 말'을 지칭하는 프랑스어는 고대 세계에서 나온 것이다. 마치 겨울의 끝, 시간의 기슭에서, 새가 껍질을 부수고 지저귀며 나오듯이.

4. 생리키에 수도원의 화재

Sequentia Sanctae Eulaliae──한 수도사가 무두질하지 않은 사슴 가죽 위에 거위 깃털을 사용해 프랑스어로 번역한──는 881년 2월 12일 수요일 생타망 수도원에서 *Cantilène de sainte Eulalie*(「성녀 윌랄리의 애가」)가 되었다.

며칠이 흐른다.

시간의 심장을 규정하는 '폭풍우' 속에서 그저 며칠이 흘러
간다.

881년 2월 말 생리키에 수도원은 무자비한 전사인 노르망
디 선원들에게 약탈당한다.

앙길베르가 소집한 300명의 수도사 중에서 100명 이상이
사망한다. 도서관의 일부가 불탔지만, 가죽들은 전부 두툼한
덕분에 타지 않고 고스란히 남는다. 검게 탄 들보들에서 나는
연기가 불길이 닿지 않은 서적들 위로 피어오른다. 마르쿨 성
인에게 바쳐진 '치유의 샘' 위쪽에 위치하고, 6세기에 건립된
가장 오래된 건물들은 석재가 부서져 붕괴되었다. 하지만 헤
라클레이토스가 『자연에 대하여』를 에페수스의 신전에서 사
슴의 머리를 한 디아나 여신의 사제들 손에 맡겼던 것처럼, 니
타르가 그곳에 맡긴 『역사』의 친필 원고가 분실된 것은 881년
2월 말 바로 그날이었다. 니타르의 후임으로 랭스 교구의 대
주교가 된 힌크마르[10]의 요청으로 랭스 수도원의 필경대에서
작성된 복사본들만 무사했다.

이것은 일종의 암흑이다.

10) Hinkmar(806~882) : 프랑스어로는 Hincmar. 랭스의 대주교(845~882).

프랑스어로 쓰인 최초의 책은 불에 탄 최초의 프랑스어 책이다.

니타르는 늘 Wolfzeit(늑대의 시간)[11]를 두려워한 까닭에 그가 집필한 매우 아름다운 책 네 권도, 시간의 와해를 염려하여, 태양이 사라지고 나서야 구상된 것들이다.

5. 갑판 상부에 구조물이 둘인 범선

거무스름한 대형 선체에 용골(龍骨)이 있으며 갑판 상부에 구조물이 둘인 범선은 생리키에 연안의 전망을 뒤로하고 별들을 따라 대양으로 나아갈 수 있었다.

어느 날 밤 교황 클레멘스 6세[12]는 꿈을 꾸었다.

잠이 깨자, 그는 자신을 사슴 가죽에 싸서 묻어달라고 요청했다. 1352년 그가 숨을 거두자 즉시 그의 요구대로 되었다. 그처럼 그는 이 세상에 오래 머물 생각이 없었다. 그의 말에 따르면 '시대와 친지들로부터 황급히 달아나기'를 그토록 소망했던 것이다.

11) '캄캄한 밤'을 뜻한다.
12) Clemens VI(1291~1352): 제198대 교황. 본명은 Pierre Roger이다.

6. 르 리메유Le Limeil라 불리는 아이의 이야기

예전에 어느 날 늙어버린 루키우스 수도사는 자신의 일상적인 임무 수행을 도와줄 아동 수습생을 곁에 두기로 했다. 아이는 여섯 살이었고, 음악에 취미가 있어 갈대 피리로 종종 아주 우아하게 곡조들을 불었다. 아이는 수도사가 독방 정원에서 가르쳐준 새들의 노랫소리를 흉내 냈을 뿐 아니라, 새들의 노래가 분절되는 언저리에서 조바꿈도 했다. 그의 부름에 모든 새가 응답했다. 그의 솜씨에 매료된 새들이 날아와 그의 발밑에서 놀고, 샌들 주변에 떨어진 음식 부스러기를 쪼아 먹었다.

극도로 예민한 청각을 지닌 아이는 늙은 티티새의 노래를 들으며 음조를 변주하면서 조바꿈하는 기술을 터득했다. 늙은 루키우스 수도사는 『생리키에의 음조』[13]를 가지고 그에게 악보를 가르쳤다. 마침내 페누키아누스도 자신이 기억하는 가장 복잡한 노래들의 기표를 그에게 맡기게 되었다.

이 아이에게는 리물루스Limulus라는 이름이 있었지만 신세대 수도사들은 르 리메유Le Limeil라고 즐겨 불렀다. 아이는 루키우스 수도사에게 전심전력으로 헌신했다. 수도사의 식사

---

13) *Tonaire de Saint-Riquier*: 8세기 말 샤를마뉴 시대에 기록된 악보. 구전되던 음악이 거의 처음으로 음표로 기록된 악보의 선조라고 일컫는다. 프랑스 국립 도서관(BNF) 소장.

준비는 물론이고 독방의 바닥을 닦고 내의를 빨았다. 식당에 가서 수프와 빵도 받아왔다.

심지어 부활절에는 안뜰 잔디밭 한가운데 세워진 바윗돌 상부에 뾰족한 끌로 조각된 커다란 십자가상을 정성껏 문질러 닦기도 했다.

손재주가 뛰어난 페누키아누스는 아이에게 검고 멋진 나무 피리를 만들어주었다. 피리 끝에 달린 마구리는 티티새가 부리로 쪼듯 꼼꼼하게 공들여 다듬은 것이었다.

하늘에 가득한 새들의 노래를 따라 부는 피리 소리를 듣기란 더없이 즐거운 일이었다.

2월의 어느 날 밤 루키우스 수도사는 새벽 기도에 가려고 일어났다. 그는 침대 옆자리 이불 밑에서 아이가 죽어 있는 것을 발견했다. 아이의 몸은 차디찼다. 수도사는 아이를 깨워보려고 했다.

허사였다. 이미 핏기 없는 시신이었다.

루키우스 수도사는 참담한 심정으로 미사에 참례하러 독방의 계단을 내려갔다. 독방의 주방에서 아이가 테이블 위에 놓아둔 검은 피리가 보였다. 피리를 함에 집어넣었다.

부활절이 도래했을 때이다. 루키우스 수도사는 기도를 드리러 십자가상이 새겨진 바위로 갔다. 화강암 받침돌 위의 돌을 닦고 있는 검은 티티새가 보였다. 부리가 희끄무레했다. 그는 눈물이 날 만큼 감동했다. 눈물을 삼키며 말했다.

"정말 착하구나, 작은 티티새야, 예전에 르 리메유가 하던 일을 그대로 하다니!"

"루키우스 수도사님, 저를 잘 보세요. 제가 정말 티티새인지, 아니면 수도사님 말씀대로 어린 소년인지 말이에요."

루키우스 수도사는 처음에 르 리메유란 별명으로 불리던 아이, 리물루스가 환생한 것이라고 믿었다. 그런데 유심히 새를 살펴보니 부리에 하얀 점들이 있었다. 그는 다가가서 새를 잡아 손에 올려놓고 새의 눈을 바라보았다. 그리고 자신의 손바닥에서 떨고 있는 작고 새까만 티티새와 함께 무릎을 꿇었다. 그는 자신의 죽은 새끼 고양이를 알아보았다. 검은 새끼 고양이가 티티새의 모습으로 환생한 거였다. 고양이의 까맣고 하얀 납작한 콧잔등이 같은 무늬의 길어진 부리로 변했을 뿐이다. 덜 하얗고 더 노란 듯싶기도 한데 반점들만은 적어도 상앗빛이었다. 티티새는 성가들, 세속가들, 놀랄 만큼 아름다운 후렴구들을 다시 들려주었다. 이따금 루키우스 수도사는 새의 절묘하고 애정 어린 노래에 어찌나 매료되었는지, 멀리 수도원 종탑에서 위그가 울리는 저녁 식사 종소리조차 듣지 못했다.

7. 티티새의 샘

아르트니가 여행에서 돌아오자, 루키우스 수도사는 이렇게 말했다.

"세상사란 참으로 기이해요. 내가 사랑하던 검은 새끼 고양이, 그러니까 당신 아버님이 내 방 벽의 초상을 지워버린 바로 그 녀석이 티티새의 모습으로 돌아왔다오. 녀석의 부리는 흔히 티티새의 부리처럼 노랗지는 않더군요. 수컷 티티새면 으레 온몸이 검은데, 이 새는 희한하게도 부리에 희끄무레한 반점들이 있는 거예요. 그래도 오직 티티새만 낼 수 있는 휘파람 소리로 지저귄다오. 게다가 내가 아끼던 아동 수습생처럼 조바꿈을 하며 노래를 부르더라고요. 수도원에서 르 리메유라 불리고, 새소리를 따라 피리를 불던 아이 말이오. 어찌나 멋지게 노래하는지 듣고 있으면 가슴 떨리는 추억들이 떠오른다오."

매년 성삼일[14] 전야가 되면, 루키우스 수도사는 십자가상 앞으로 가서, 무릎을 꿇은 다음에 두 손을 모은 자세로 십자가를 닦는 티티새를 바라보았다.

14) 부활절 직전인 성주간의 목·금·토요일 3일간.

새는 부리 끝으로 먼지를 털어냈다.

바위에 파인 골에 낀 이끼와 지의(地衣)를 조금씩 파냈다.

참을성 있게 하느님의 얼굴을 젊어지게 만들었다.

티티새가 죽자, 생리키에 수도원 주변의 마을과 촌락들의
주민들, 갈대가 무성한 습지에서 온 낚시꾼들, 항구에서 올라
온 선원들, 농부들과 방앗간에서, 광산에서, 대장간에서, 맥
아 제조소에서, 압착실에서, 화폐 주조소에서, 벽돌공장에서,
성벽에서 일하는 농노들까지 끊임없이 십자가상을 찾아와 차
례로 티티새 대신 그리스도의 얼굴을 말끔하게 닦았다.

십자가에 못 박힌 신의 입상(立像)은 관리가 잘된 덕분에 샘
위쪽의 대리석처럼 매끈하고 반질거렸다.

페누키아누스가 죽고 나서 부활절 일요일이 되자, 루키우
스 수도사는 격식을 갖춰 페누키아누스가 만든 피리를 신에
게 바쳤다. 그리고 리뮬루스를 위해 기도했다. 상아 마구리가
달린 검은 피리를 그리스도의 발밑에 놓아 수난곡을 연주하
는 악기들 사이에 끼워 넣었다.

8. 갑각류 지의(地衣)들

갑각류가 들러붙은 지의들은 태양열로 인해 바스러진 바위에 기생하기를 좋아한다. 정확히 말해 지의는 이끼라고 할 수 없다. 그렇다고 부스러기도 아니다. 이끼와 부스러기의 중간쯤인 지의는 죽은 동물들의 유골이나 인적 드문 곳에 방치된 전사자들의 바싹 마른 두개골에 서식한다.

특히 봄철에 바쿠스 대축제가 열리면 로마인들이 원형투기장에서 고통스럽게 죽인 다음에 중인환시(衆人環視)리에 맹수들의 먹이로 던져주던 성인들의 묘석을 뒤덮기 좋아했다. 그리스인들은 바쿠스를 디오니소스Dionysos로 불렀고, 뤼테스에서는 드니Denis로 불렀다.

황금빛 지의들은 아일랜드나 브르타뉴 혹은 피카르디의 언덕 위쪽의 반들반들한 바위에 착 들러붙는다. 언덕에 세워진 십자가에 못 박힌 주 그리스도는 고통스럽게 죽어갔다. 노예처럼, 창에 옆구리가 찔린 멧돼지처럼.

황금빛 지의들은 신의 두상을 좋아해서 핥거나 모조리 먹어치운다.

도르레와 쇠 두레박의 줄을 지탱하는 석재 궁륭을 둘러싼다.

삶은 누구에게나 자신의 한계를 뛰어넘는 역할을 부여하는 까닭에 우리는 죽지도 못한다.

수천 종의 지의가 생겨나는 것은 해초와 버섯 간의 타협을 통한 제휴—심지어 조합—의 결과이다. 그것은 봉인되는 성적인 결합이나 성사되는 결혼이 아니다. 송악나무와 포도나무 잔가지가 철망 위에서 서로 얽히듯이 끝없이 서로 얼싸안는 필레몬 노인과 프리기아[15]의 성녀 바우키스[16]가 아니다. 그것은 두 유기체가 서로 융해되지 않는 좀더 신중한 공생(共生)이다. 내가 환기하는 두 존재(해초와 버섯, 옛날과 지금, 초록과 빨강, 태양과 빛)의 성적 쾌락은 홀로 있기를 좋아한다. 쾌락에 이르는 과정을 낱낱이 꿰고 있으므로 쾌락이 좀더 확실해질 뿐 아니라 그 양태도 뚜렷하게 달라지기 때문이다. 그것들

---

15) Phrygia: 고대 아나톨리아 중서부에 있던 왕국.
16) Baucis: 그리스 신화에 나오는 착한 농부 필레몬과 신앙심 깊은 바우키스는 부부이다. 어느 날 인간의 모습을 한 제우스가 헤르메스와 함께 이들의 마을에 나타났다. 신들은 쉴 곳을 찾아 돌아다녔지만 아무도 문을 열어주지 않던 차에, 유일하게 가난한 이 부부가 객들을 맞아 정성껏 대접했다. 다음 날 신들은 자신들을 홀대한 사람들에 대한 징벌로 마을을 물에 잠기게 하는 한편, 이들 부부는 높은 산으로 피신시키고 그들의 오막살이를 웅장한 신전으로 만들었다. 그리고 그들에게 소원이 무엇이냐고 물었다. 그들은 신전을 지키는 사제가 되어 살다가 둘이 한날한시에 죽고 싶다고 말했다. 그리하여 어느 날 고령으로 쇠약해진 필레몬과 바우키스는 신전 계단에서 지난 일을 추억하며 이야기를 나누다가 한날한시에 나무 두 그루로 변했다고 전해진다.

사이의 식사만은 나눔도 알고, 일종의 대화와 기쁨, 접촉과 교환도 발생시킨다. 해초는 버섯이 빨아들이는 물의 공급자로서 버섯에게 양분을 주는 반면에, 자신은 버섯의 내양 빛을 정성껏 여과해서 흡수한다. 그것들은 한없이 더디게 성장한다. 1년에 고작 1밀리미터 자란다. 그 기간은 욕망이 기다림에 부여하는 것이므로 더없이 감미롭다. 거의 무한에 가까운 존재인 그것들의 생애는 수천 년을 헤아린다. 지상의 인간들, 노래하는 아이들, 끔찍하게 죽임을 당하는 검은 새끼 고양이들, 물 위에서 아침 한나절을 살고 스러지는 하루살이들과는 영 딴판이다. 그것들은, 우리가 지상에 존재하지 않았던 탓에 노상 알고 싶어 안달을 하지만 인지 불가능한 시기에서 비롯된 옛날을 추정하는 데 도움을 준다. 지의는 산토끼에게 갉아먹히고, 순록에게 뜯어 먹힌다. 새들은 지의를 이용해 둥지를 튼다. 지의가 황야를 형성하면, 그곳에서 어린 달팽이들이 기어 다닌다. 꼬아서 거무스름한 마의(馬衣)를 착용한 어린 프랑크족 기수들 같은 달팽이들의 수는 기수들만큼 많다. 그들은 세상을 휩쓸다가 줄어든다. 바다는 달팽이들의 점액에서 생겨난다.

9. 고사한 검은 나무에 피는 페지즈[17]

갑자기 그들이 소리친다. "정지!"

그들은 고삐를 놓는다. 이끼와 월귤나무 속에서 유일하게 멈출 수 있는 달팽이들처럼.

그리고 고사한 검은 나무에서 파라솔처럼 피는 페지즈의 경이로운 붉은색 둥근 머리 아래에서 휴식을 취한다.

17) 식용버섯의 일종.

VIII

(에덴에 관한 책)

1. 이브의 정원

옛날에 이미 나무 아래서 나눈 대화가 있었다. 가장 오래된 책에 기록된 바이다. 천국에서였다. 이브가 가지 끝에 달린 선명한 색깔의 먹음직스러운 동그란 열매를 가리켰다. 뱀이 그녀에게 말했다. 그녀가 열매를 움켜잡으니 손안에 가득 찼다. 겨울이었다. 이것이 세상의 역사이다.

이제 프랑스의 역사는 다음과 같이 시작된다.

만년설에 뒤덮인 산이 있었다. 소나무가 한 그루 있었다. 죽은 말 한 마리, 무엇으로도 파괴할 수 없는 검 한 자루, 울리지 않는 뿔피리 한 개가 있었다.

한 사람이 산에서 죽는다.

2. 우아셀 섬[1]

북쪽에서 온 선원은 크네리르[2] 혹은 드라카르[3]라 불리는 무시무시한 선박들을 제조한 자들로, 솜 강과 욘 강의 계곡들을 좋아했다.

로드브로크[4]는 이렇게 말했다. "그곳의 주민은 프랑크인들이다. 그들은 겁쟁이에 비굴하고 술주정뱅이인 데다 헤프다. 생리키에와 생제르맹의 건물들에는 황금이 넘쳐난다. 루앙 근처 센 강의 우아셀 섬은 아마도 천국일 것이다."

858년 성인 드니에게 헌정된 왕립 대성당을 노르만인[5]들이 점령했다. 루이라는 이름의 수도원장을 인질로 잡았는데, 니

---

1) Oissel: 루앙 하류의 센 강 한가운데 있는 섬. 예전에 노르만인들이 이곳을 파리와 루앙을 침략하는 전초 기지로 삼았다.

2) 66쪽 주 27 참조.

3) 66쪽 주 28 참조.

4) Ragnar Lodbrok: 고대 노르드어 시가와 사가saga들에 등장하는 바이킹 시대의 노르드인 지배자이자 영웅.

5) 프랑스 북부 또는 프랑크 왕국에 자리 잡은 노르드인(바이킹족과 그들의 후예)을 말한다. 노르망디에 정착하게 된 이들은 노르망디인이 되었다.

타르의 이복형제이기도 한 그는 대머리왕 샤를 곁에서 대법관의 직무를 수행하던 이였다. 바이킹 두목에게 지불된 그의 몸값은 황금 688파운드와 은 3,250파운드였다.

886년 비만왕 샤를[6]은 노르만인들에게 은 700파운드를 지불했다. 율리아누스 황제[7]가 성벽을 둘러친 오래된 궁전과 뤼테스 대신에 파리(뤼테스)를 우회하여 상스와 베즐레를 약탈하는 조건으로였다.

911년 엡트 강[8] 기슭의 생클레르에서 단순왕 샤를[9]은 딸을 롤로(흐롤프)[10]에게 시집보냈다. 샤를은 롤로에게 바다에 접한 땅을 모조리 넘겨주었다. 벨기에 골족의 영토에서 브르타뉴의 시골 국경까지 이르는 지역이었다. 예전에 앙길베르가 다스리던 바다와 땅인 길쭉하고 매우 비옥하며 무척 아름다운 이 지역은, 바다에 면한 프랑시 공국[11]이라는 명칭을 버리

---

6) Charles le Gros(839~888): 샤를 3세 비만왕. 독일왕 루이(루트비히)의 아들로 동프랑크의 왕이자 신성로마제국의 황제.
7) Flavius Claudius Julianus(331/332~363): 콘스탄티누스 왕조의 로마 황제 (재위 361~363).
8) Epte: 노르망디에서 발원하여 센 강 우안으로 흘러드는 강.
9) Charles le Simple(879~929): 샤를 3세 단순왕. 서프랑크의 왕. 노르망디 지역에 바이킹 후손인 노르만족을 정착시켰다.
10) Rollo 혹은 Göngu-Hrólfr(845~?): 프랑스에 정착한 바이킹 두목. 그가 프랑스의 센 강 어귀를 점령하자 서프랑크 왕 샤를 3세는 911년 생클레르 조약을 맺고 그를 노르망디 공으로 봉했다. 롤로는 약탈을 중지했다.

고, 노르만인들의 땅 혹은 노르망디로 불렸다.

3. 바다

캉[12]에서, 저 멀리, 내포 어귀에서 멀리 떨어져 모래로 메워진 바다 밑바닥에 닻을 내린 노르웨이인들의 선박들 근처며, 색슨족과 아일랜드인 들의 편편하고 둥근 배들로부터 훨씬 먼 곳에는 어둠 속에서 차츰 바람이 잦아들면서 내리기 시작하는 밤 한가운데로 파도가 밀려온다. 부두에서 멀어지면, 깊이 파인 내호(內湖)들과 포구들을 뒤로하고 걸으면, 더 이상 거룻배들이 보이지 않게 되면, 갈대 늪에서 무성한 갈대들과 늪으로 모여들어 몸을 숨기는 새들 사이로 나아가서, 자신의 보물을 숨기거나 혹은 손으로 자위행위를 할 때, 아직은 다소 엉성한 어둠 속에서 반짝이는 해수면 위로 솟구치는 파도의 하얀 물마루가 보인다.

저녁의 고요 속에서 파도 소리는 점점 더 세차게 귓전을 울린다.

11) 24쪽 주 11 참조.
12) Quend: 프랑스 북부의 마을.

육지로 밀려오는 바닷물은 누구를 향해 이 엄청난 포효를 쏟아내는지 알 수 없다. 육지로 말하자면, 아주 오래전 어느 날 불의 힘에 의해 바다 위로 융기되어 끊임없이 바다의 침식을 견디고 있다.

귀(耳)가 생겨나기 훨씬 전부터 지구상에, 즉 육지를 에워싼 유일하거나 동질적인 바다의 각기 다른 이름을 지닌 불가사의한 대양들 깊은 곳에 생명체가 나타나기 훨씬 전부터, 아무것도 없는 공간에서 끊임없이 울부짖어 온 바다의 포효 소리는 무엇을 뜻하는지 알 수 없다.

달이 바다를 끌어당겨 물결이 달을 향해 높아지며 달빛을 향해 울부짖는 것일까?

얼굴선을 따라 외이(外耳)가 생겨나 구멍이 뚫리고 귓구멍이 열리기도 전에, 그토록 음향을 쏟아내던 까닭은 무엇일까?

파도가 귀환하는 의미를, 울부짖는 물결이 어느 지점에서 둥글게 말리는지, 전진하다 어느 곳에 추락하는지 누가 알겠는가? 도무지 진정시킬 수 없는 파도는 끝도 없이 생겨나 울부짖는다. 상상을 초월하는 무한반복으로 바다에서 육지를 향해.

사르는 다음과 같은 즉흥시를 읊었다.

"오 포효하는 바다여, 너는

별들 한가운데, 매우 캄캄한, 천상의 어둠보다 훨씬 더 불가해하고,

두 발을 거품 이는 파도에, 엉덩이는 젖은 모래에 묻고서,

우리가 한 시간 이상 계속 귀를 기울이면 허기가 지도록 청력을 마비시켜 허기를 불안으로 가득 채우고,

산성염이나 산(酸)이 구멍을 뚫는 방식으로 내재된 캄캄한 어둠을 한층 짙게 만들고,

귀 기울여 소리의 포로가 되는 순간부터, 우리의 기분 좋은 점착성 뇌가 위축되는 두개골의 몹시 캄캄한 내부에서 울리며, 머리를 사로잡고 가슴을 찢고,

밀물에 다시 쓸려가며 부서지는 조가비들 속에 우리의 일부도 휩쓸어가고,

자신의 정액에 젖어 끈적거리는 길쭉한 페니스처럼 거무스름하고,

깊은 바다 밑바닥에서 갑오징어가 욕망을 품고 접근하는 위협적인 적들에게 생존을 위해 모습을 감추고자 뿜어내는 먹물처럼 시커멓고,

보드랍고 유연한 해초들 사이에서 우리의 일부는 이리저리 치이고, 해초들은 서로 비틀리고 서로 얽혀들며 실처럼 가늘어지누나.

어머니처럼 끊임없이 꾸짖고,

옴짝달싹 못 하고 거의 유약해지게 만드는, 오 바닷소리여,

심지어 이따금 슬픔을 토해내누나!

어쩔 수 없이 네 앞에 무릎 꿇는다.

무릎 뼈들이 젖은 모래알에 닿으며 모래에 파묻힌다.

우리는 거품 이는 소소한 물마루들 앞에서 즉시 고개를 숙인다.

코와 얼굴은 온통 하얀 소금이 묻고, 물방울에 젖고

심장은 추워서 가슴의 피부 밖으로 돌출된 더 거무스레한 두 개의 작은 점 아래에서,

늑골로 이루어진 희끄무레한 궁륭들 아래에서,

실제로 덜덜 떨리는데,

대양의 끄트머리에서 바다의 포효에 겁먹은 우리는

실재하지 않는 어렴풋한 존재가 되어,

바람의 기세에 한껏 몸을 낮추고,

마치 바다가 울부짖는 포효에 귀청이 터진 듯

바다라는 존재가 미친 듯이 날뛰는 소란의 무게에 한껏 주눅이 드는구나.

엉덩이 골은 차갑고, 항문은 수축되고, 발뒤꿈치는 파묻히고, 발가락에는 모래가 가득하고,

정신은 짓눌리고 위축되어 아득하고,

눈 덮인 산속에 고립된 브르타뉴 총독처럼 홀로이며,

꼿꼿하지 못한 상반신은,

앞선 파도의 몸집 앞에서 휘어지고,

부풀다가 더 가까이서 스러지는 파도는 밀려오는 즉시 물러나고,

더 크고 더 기세등등하게 더 고약한 물결로 되돌아오며,

까마귀처럼 새까만 어둠 속에서 얼핏 상어의 푸른빛이 반짝이는데,

깃털 끝이 새까만 어치의 큰 날갯짓과 아주 흡사하도다."

4. Li val tenebrus(어두운 계곡)[13]

형제들이여, 해가 지고 있다.

도시들, 우리 얼굴들, 말[馬]들, 선박들, 항구들, 바다들을 비추는 해가 이미 막바지에 이른다.

해는 지각을 이루는 산들과 대륙들보다 자연 위에서 더욱 빛났다.

---

13) 프랑스어 고어인 이 제목은 『롤랑의 노래』에서 인용되었다.

해가 발생시킨 예전의 체계는 이미 흩어지고 있다.

우연히 생겨난 생명은 소멸하기 시작하고 위대한 문명들은 되도록 파괴에 전념하는바,

사용 가능한 수단들을,

짜 맞추고,

배합하고,

늘리면서이다.

바다가,

생명이,

자연이,

짐승들이 예전에 어떠했는지 아무도 알지 못한다.

하지만 들어보시라!

황혼의 침묵 속에서 들어보시라!

지극히 완벽한 침묵 속에서 귀를 기울이시라.

우리가 지구라고 부르는 행성에서는 오늘날까지 수수께끼인 윙윙거리는 소리가 난다.

간신히 들리지만 결코 끊이지 않는 저주파 노래의 기원에는 바로 칠흑같이 검은 파도들이 있다.

고원과 심해의 경사진 바닥에서 진행되는 바닷물의 왕복은,

대륙의 비탈에 부딪히는 바로 그 순간,

노래한다.

5. 루키우스 수도사의 실종

우리는 루키우스 수도사가 어떤 최후를 맞이했는지 알지 못한다. 그는 실종되었다. 생리키에 수도원의 일지에는 그가 숲속에서 길을 잃었노라고 기록되었다. 짐승에게 잡아먹혔을까? 곰에게 배를 물려서? 늑대에게 목이 물려서? 앙길베르라는 이름의 프랑크 해군 총독이 싫어서 혹은 그의 유령에게 쫓겨 도망쳤을까? 그에 관해 남은 유일한 기억으로는 말년에 그가 독방에서 글자를 가르쳤던 새잡이의 말이다.

"루키우스 수도사는 말년에 고양이를 좋아하지 않는 사람은 누구든 예외 없이 자유를 혐오한다는 사실을 증명했답니다."

6. 어머니들의 살점

알자스 원봉(圓峯)[14]과 몽테리블[15]의 남쪽, 즉 쥐라 산맥[16]의 원시림 위쪽에 혜안을 지닌 사르라는 이름의 여자가 살았다.

로마시대에 루비에Loubiée라고도 불리는 우셀로두나Usselo-duna의 소생이었다. 그녀는 자신이 가장 오래된 지하 동굴과 여타 동굴들, 샘들과 절벽의 협곡들에서 살았다고 주장했다.

사르든 루비에든 둘 다 자신이 태어난 곳을 전혀 벗어나지 않았다.

아마도 루비에가 사르인 듯하다.

그녀는 아주 젊은 시절의 아르트니에게서 사랑을 받았다고 한다. 비록 그녀의 나이가 훨씬 많았지만. 하긴 욕망 앞에서 나이가 뭐가 중요하랴? 그는 그녀의 갈라진 틈에서 무한한 기쁨을 누렸지만, 그녀는 두 눈을 잃었다.

무녀인 사르에게는 예지력이 있었다. 늘 통찰력이 뛰어났다. 그녀의 말이다.

"우리의 눈 안쪽 모서리에 구겨진 피부 같은 미세한 분홍빛 살점이 있다. 애초에 기원의 여신이 눈 귀퉁이에 그 살점을 밀어 넣은 까닭이야 누가 알겠는가? 약간 겹을 대서까지 밀어 넣은 이유를 어찌 알겠는가? 여자나 남자의 눈 귀퉁이에 자그만 분홍 살점이 붙어 있는 이유를 내가 알려주겠다. 그것은 기

14) 프랑스 동북부 보주 지방 산의 호칭.

15) Mont-Terrible : 쥐라 산맥의 산. 현재는 몽테리Mont-Terri로 불린다.

16) 키냐르가 착오로 '아르덴 산맥'이라고 한 것을 '쥐라 산맥'으로 고쳐 옮겼다.

원의 여신의 아버지, 태양을 지닌 신, 한밤중의 어둠을 지배하는 *からす*(까마귀)[17]와 관련 있다. 이 살점은 인간이 나타나기에 앞서 새들에게 있던 투명한 젖빛을 띤 제2의 눈꺼풀의 흔적이다."

제2의 눈꺼풀은 꿈의 꺼풀이었다.

이 꺼풀은, 안구가 보려는 노력을 기울일 때, 안구를 씻어내고 축축하게 적셔 대상을 파악하려는 욕망을 충족시켰다.

큰 까마귀[18]의 자식들, 즉 사람들의 경우에 그것은 분홍빛 작은 포피(包皮)가 될 정도로 오그라진 채 시선의 측면에 늘 붙어 있다. 마치 기원의 샘이 어린애의 아랫배에 숨겨져 있듯이.

눈물은 그곳에 고인다.

새에서 유래한 고대인들은 그것을 '어머니들의 살점'이라고 불렀다.

점쟁이 샤먼은 아르트니에 대해 말하면서 그것에 관해 이렇게 단언했다.

"Nictat."[19]

"그것은 '깜빡인다.'"

---

17) *からす*(烏鴉) : 즉 까마귀를 뜻한다. 키냐르가 까마귀를 일본어로 지칭한 이유는 매우 모호하다.
18) 까마귓과에 속하는 종(種) 중에서 특히 크고 널리 퍼져 있는 새이다.
19) '그것은 깜빡인다'는 의미의 라틴어.

"용인하기보다는 집어삼킨다."

"동의한다."

"아마도 쾌락을 느끼기보다는 눈물을 흘린다."

"쾌락을 느끼기와 눈물을 흘리기 사이의 구분은 가능한가?"

"니타르를 위해 애도의 눈물을 흘린다. 쌍둥이 형이 동생을 못 보게 된 지도 한참이 되었다. 내리친 검에 동생이 두개골이 갈라져 대서양의 물결 속에 머리부터 거꾸로 떨어진 이후로."

7. 사자(死者)들의 웃음소리를 듣는 아르트니

877년 말, 생 레미의 축일인 10월 1일, 아르트니는 일흔아홉 살의 나이를 넘긴 터라—그때 프랑크의 마지막 황제인 대머리 샤를은 창문조차 뚫리지 않은 허름한 양치기 오두막에서 숨을 거두었다—죽음이 가까워오자 침상 옆으로 측근들을 불렀다.

"난 죽어가네."

그들이 대답했다.

"우리도 알아차렸다오."

"무슨 근거로 그리 말하는 거요?"

"얼굴에 씌어 있으니까, 아르트니."

"아냐! 단지 내 나이로 미루어 짐작하는 거겠지. 곧 여든 살이 되는 데다 머리칼이 모조리 빠진 대머리잖소!"

"그렇다면 잘못 생각하는 거요. 아르트니! 죽음의 원인은 고령 때문이 아니라오. 우리가 당신의 죽음이 다가왔음을 예견하는 것은 머리칼이 다 빠져서도 아니라오. 얼굴에 죽음의 기미가 역력하기 때문이지."

"내 쌍둥이 동생 니타르가 죽은 지 꼭 만 33년이네."

"맞소. 만(灣)에서 죽었지요. 물에서 건져내 소금을 뿌린 다음에 수레의 널빤지에 실어 날라 석판 아래 안장했어요. 지금은 당신 부친용으로 허가된 첫번째 석관에서 영면하고 있다오. 붉은 스톨에 싸여, 하늘의 별들이 곧장 올려다보이는 곳에서 말이지. 하지만 먼저 태어난 쌍둥이 동생 니타르의 죽음을 기리는 추모 때문에 당신의 입술이 안으로 말려들고, 죽음의 기미가 여실히 드러나는 것은 아니라오."

그러자 아르트니는 고개를 숙이고 아무런 대꾸도 하지 않았다.

"아르트니, 바로 자네의 두 눈이 죽음을 말해주고 있다오. 두 눈이 얼마나 푹 꺼졌는지 봐요. 거울을 갖다주리까?"

그는 고개를 저었다. 그리고 이렇게 중얼거렸다.

"내 죽음을 살피라고 거울까지 가져다줄 필요는 없소. 사실

내 몸은 거의 텅 비었다오. 하지만 영혼이 괴로운 것 또한 사실이시."

"그렇다면 번민을 멈추게나. 저세상에 이미 한 발을 들여놓은 사람이 죽음 때문에 그토록 괴로워하는 것도 정상은 아니란 말일세."

그가 열띤 어조로 응수했다.

"자네들은 정말 아무것도 모르는구려! 무슨 일이 일어나는지 전혀 이해하지 못한다는 걸 알겠네. 내가 괴로운 것은 죽어간다는 사실 때문이 아닐세."

"그렇다면 그토록 자네를 괴롭히는 게 뭔지 자세히 말해주게나. 그러면 우리가 자네에게 도움을 줄 수도 있지 않겠나."

"그게 뭔지 설명하기 어렵구먼. 내가 아니라 사자들의 세계에서 비롯된 것이라서 말일세."

"아무튼 자네가 느끼는 죽음과 관계가 있다는 말이겠지."

"아니, 문제는 **내** 죽음이 아니라 내가 다시 만나야 할 죽은 이들일세. 이미 이 세상에 없는 죽은 이들 말이야. 오래전에 죽은 이들이 내게 말을 한다네."

"니타르인가?"

"사자들의 세계에서 말을 걸어오는 이가 니타르는 아니야. 동생은 날 괴롭힌 적이 한 번도 없네. 늘 내 앞에 있었지. 태어나기 전부터 내 앞에 있었으니까! 그 앤 날 보호했다네. 날 사

202

랑했고. 넘치는 사랑에 숨이 막힐 지경이라 난 죽어라 피해 다
녔지."

"그럼 자네 머릿속을 떠나지 않는 게 대체 뭐란 말인가?"

"내가 잘 아는 죽은 이들은 내 **뒤에 바싹 붙어 다니고**talon-
nent, 내가 별로 좋아하지 않는 죽은 이들은 등에처럼 나를 **쏘
아대네**taonnent. 전자는 밤〔夜〕의 암말[20]처럼 내게 달라붙어,
어딜 가든 등 뒤에서 말발굽 소리를 울리며 쫓아다닌다네. 후
자는 낮에 짐승들에 들러붙는 등에처럼 쏘아대고 말일세. 마
치 얼굴 주위를 맴도는 파리처럼 턱수염의 터럭들을 헤집거
나 끊임없이 눈가를 쏘거나 콧구멍으로 들어오겠다는 거지
뭔가."

아르트니와 니타르의 두 조카딸이 미친 듯이 웃어댔다.

그녀들은 죽어가는 아르트니의 침대에 앉았다.

아르트니가 말을 이었다.

"이 두 부류의 죽은 이들이 내게 질문을 한다네. 난 어떻게
대답해야 할지 모르겠어. 내가 왜 솜 강 전선(戰線)에서 동생
니타르 옆에 있지 않았는지? 왜 아달하르트 집사가 이끄는 퐁
트누아 숲 전장에 나가지 않았는지? 왜 조부 샤를마뉴처럼 로

---

20) jument de la nuit(밤의 암말): '악몽'을 뜻하는데, 이어지는 '말굽 소리'와의
   연관성 때문에 축자적으로 옮겼음을 밝힌다.

마에 가서 고대인들의 일곱 구릉에 있는 새파란 올리브나무들과 폐허에서 풀을 뜯는 암양들을 본 적이 한 번도 없는지? 왜 플라미니아 가도[21]를 행진한 적이 없는지? 왜 아라 파키스[22] 앞에서 서명하지 않았는지? 죽은 이들은 쉴 새 없이 질문을 해 댄다네. 왜? 왜? 왜?"

"아르트니, 자네는 사자들의 조롱을 이해하지 못하는구려! 그들이 뒤늦게 당신을 비난하는 거잖소. 물론 당신은 샤를마뉴가 아니고, 황제가 친손으로 인정하지 않았던 손자에 불과하오. 당신에게 베푼 황제의 애정도 그나마 당신 어머니 덕분일 테고 말이지. 그런 당신이 경건왕 루이보다 오래 살아남았고, 그의 딸의 딸인 에멘을 사랑했던 거요! 죽은 이들이 무슨 말을 하든 괴로워할 필요가 없어요."

"당신들은 아무것도 알아채지 못했구려! 사실 나에 대한 그들의 평판 따위야 대수롭지 않네! 그런데 그들은 **죽었어**, 그래서 괴로운 거라오. 나 혼자, 아르트니인 나만, 그들을 **기억하는** 거라오. 나 혼자만 그들의 기억에 접근한다는 말일세. 그

---

21) Via Flaminia: 로마에서 북부 도시인 리미니로 가는 고대 로마의 도로. 가이우스 플라미니우스Gaius Flaminius가 만들었다.

22) Ara Pacis: 로마 황제 아우구스투스의 스페인, 갈리아 원정을 기념하여 제작한 건축물로 '아우구스투스의 평화의 제단'을 뜻하는 라틴어 *Ara Pacis Augustae*의 줄임말.

들이 다시 보여. 그들의 얼굴이 다시 보이네. 나는 지금 그들의 얼굴을 아는 유일한 사람이지. 그들의 몸짓이 다시 보이는군. 손놀림이며, 내 말을 들을 때 윗몸을 곧추세우고 목을 뒤로 젖히는 방식까지 다시 보인다오. 그러다가 갑자기 내 쪽을 향해 돌아서서 느닷없이 나를 바라보는데, 이렇다 할 이유도 없는데 말이지. 내가 무슨 일을 하는지 알지도 못하니까. 그들은 눈을 크게 뜨고 내게 이렇게 묻는다오. 왜 내가 자기들과 함께 있지 않은지? 왜 내가 죽어서 그들 곁에 있지 않은지? 내가 그들과 그토록 먼 곳에서 무엇을 하는지? 왜 내가 살아 있는 자들 가운데서 편히 쉬고 있는지?"

"아르트니, 그들을 사랑했잖소! 잊지도 않았고 말이오! 그들을 저버린 게 아니란 말일세! 매우 고결하고 아름다운 수많은 여인들과 숱하게 잠자리를 가졌던 당신이지만, 그녀들이 본래 불행했던 것보다 더 불행해진 건 당신 탓이 아니네. 그녀들은 시샘하고 조급해하고, 노여워하기 때문에 그런 말을 해서 당신의 행복을 하나씩 헐뜯는 걸세."

"여보게 친구들, 난 우둔한 사람이 아니라고. 죽은 이들의 유령이 날 조롱한다는 것도 아네. 골탕 먹이려고 쓰는 수가 훤히 보인단 말일세. 그러니까 그것도 내가 규명하려고 애쓰는 슬픔의 원인은 아닌 셈이지."

"아르트니, 그럼 당신을 괴롭히는 게 대체 뭐란 말인가?"

"나를 힘들게 하는 건 그들 중 죽은 늙은 여인이야. 무척 나이 든 그녀 얼굴이 흐릿해진 내 눈에 이를테면 두루뭉술해 보이네. 이름도 가물가물하고. 나를 들볶아대는 무리 가운데 유독 이 노파가 나한테 바싹 다가와, 내 입에 닿을 듯 붙어 피부며 꽉 다문 입술을 잡아당기거나 턱밑의 주름을 잡아 늘리거나 주름살을 펴면서, 아주 나지막하게 이렇게 묻는 걸세. '왜 당신은 아르트니로 살지 못했어? 왜 강아지처럼 남들 꽁무니만 졸졸 따라다닌 거지? 왜 언제나 남들 흉내만 낸 거야? 원숭이처럼, 무대 위의 마임 배우처럼, 물 위에 비친 반영(反影)처럼, 내딛는 발걸음을 악착스레 뒤쫓는 그림자처럼, 왜 그랬어?'"

"그렇다면 에멘의 딸인 에멘인가?"

"아니, 에멘은 아닐세."

"맞아, 에멘이로구먼. 왜 거짓말을 하는가? 대체 에멘이 뭐라고 하는가?"

"자네들이 그토록 우기니까 에멘의 딸인 에멘이라 치세! 그녀는 어느 때보다 아름다워. 하지만 '왜 당신은 아르트니로 살지 못했어?'라고 묻지 않네. 알릴라 여왕은 석재와 회양목재의 매우 아름다운 미궁인 글렌덜록 궁전에서 통치했지. 하지만 알릴라도 그런 질문은 하지 않네. 간곡한 어조의 튈랭도 아닐세. 악을 쓰는 마크르도 아니고. 랑데부데조에서 만났

던 공달롱의 아주 젊고 성정 사나운 에밀리아도 이런 비난만
은 하지 않네. 비잔티움의 외독시도, 알몸의 다이버 섬에 면
한 금각만[23)]에서 내게 대답을 채근하지 않지. 심지어 림노스
평원의 림노스도 아닐세. 그녀는 내게 변함없이 스무 살일 테
지만, 난, 나는, 난 말이지, 늙은이잖소! 일흔아홉 살인 내게
2백 살 먹은 노파가 이렇게 말하는 걸세. '사람들은 늘 니타
르 이야기만 했지 당신에 대해선 일언반구도 없잖아! 당신은
왜, 샌들 가죽 밑에 푼돈을 숨기는 매춘부처럼 그녀들의 선물
을 쌓아두기만 했지? 왜 죽지 않았으면서 평생 죽은 사람처럼
살았느냐 말이야? 왜 아르트니로 살지 못한 거지? 탐스러운
흰 털로 덮인 양이 클로버 한 잎, 민들레 한 송이, 귀리 한 톨,
히스를 놓칠 새라 먹어치우듯이 왕자로서의 혜택을 추구했던
이유는? 주교와 공작, 황제와 총독의 비행에 용기 없는 사람
처럼 눈을 감았던 이유는?' 자, 이게 자초지종이라오. 새파랗
게 젊은데 매우 늙었고, 몹시 아름다운데 두루뭉술하고, 생기
발랄한데 한물갔고, 아주 성스러운데 추잡한 이 여인이 날 부
끄럽게 한다오. 한데 그녀의 말이 구구절절 옳거든!"

아르트니는 고개를 떨어뜨리고 흐느끼기 시작했다.

---

23) 터키의 이스탄불을 끼고 도는 해협 어귀의 이름. 마르마라해와 함께 이스탄불
곶을 둘러싸고 있는 이곳에 비잔티움 제국의 해군선단 본부가 있었다.

그가 말을 이었다.

"어떤 꿈들은 훨씬 더 고약하다네. 자고 있는데 그녀가 내 이불을 걷어찰까 봐 덜컥 겁이 나지 뭔가. 손바닥으로 나를 후려갈기며 이렇게 말할 것만 같거든. '아르트니, 썩 꺼져! 당신에게 가랑이를 벌리다니 어림도 없어. 내 깊은 곳까지 당신이 와 닿는 걸 느낄 만큼 당신의 존재감은 충분하지 않아. 정말로 당신은 충분히 아르트니였던 적이 없다는 생각이 들어. 그래서 내가 사랑하고 자랑스러워하는 한 남자로서 당신을 다시 품에 안고 늙은 젖가슴에 꺼칠꺼칠한 볼따구니를 느끼고 싶은 욕망이 일지 않거든!'"

"대체 이 잔인한 노파가 누구란 말인가?"

"내가 처음으로 사랑한 여인일세. 자네들은 모르네."

그는 눈물을 흘리기 시작했다.

얼굴을 침대 반대쪽으로 돌렸다.

그러자 친지들은 기도하기 시작했다. 사랑의 감정을 느꼈던 첫번째 여인의 얼굴을 다시 보며 죽어가는 아르트니를 위해.

(그들은 자기들끼리 수군댔다. "어머니일까?" "아니, 베레타는 아니야. 그녀는 줄곧 황제와 함께 아헨에 있었어. 게다가 앙길베르보다 카를를 더 좋아했는걸." "그러면 에멘일까?" "의심의 여지가 없네요"라고 조카딸들이 말했다. "그들은 한 번도 동침한 적이 없는걸." "서로 사랑하기 위해 꼭 함께 자야 할 필요는 없잖아요"라고 조

카딸들이 지적했다. 아무도 글렌딜록에 살던 알릴라나, 비잔티움의 외독시나, 아랍인들이 재건해서 아름답게 만든 카르타고 항구 맞은 편의 시실리에 있는 시라쿠사의 안셀모는 염두에 두지 않았다. 가장 친한 친구들은 이렇게 말했다. "그건 사르야. 숌 만의 샤먼이지. 그는 자기가 사랑을 고백하면 그녀가 결혼해줄 거라고 늘 믿었거든." "하지만 그녀의 나이가 천 살이나 더 많잖아!" "그런 건 중요하지 않아. 그는 그녀를 사랑했거든. 숲에서는 나이가 없는 법이지. 호랑이에게 빈곤은 없고, 늑대에게는 풍요가 없고, 야생동물에겐 허영이 없어. 그는 그녀와 함께 행복했다고.")

IX

(시인 베르길리우스의 책)

1. 베르길리우스[1]

베르길리우스는 『아이네이스』[2] 제6권 179행에 이렇게 썼다. "살육을 목적으로 무리를 이루는 순간 이후로 잃어버린 고대의 숲을 향해 그들은 걷는다. 벌 떼나 사냥개 무리를 흉내 내면서, 덫을 놓으면서, 올가미를 치면서, 전사자들 시체 위

---

1) Publius Vergilius Maro(B.C. 70~B.C. 19): 로마시대의 시성(詩聖). 호메로스, 단테와 더불어 3대 서사시 작가로 불린다.
2) 베르길리우스의 작품으로, 로마의 건국신화를 노래한 대서사시. 『아이네이스』는 '아이네아스의 이야기'라는 뜻이다. 트로이 장군 아이네아스의 유랑을 노래한 12권으로 구성되었다. 앞의 6권은 오디세이아(모험)에, 뒤의 6권은 일리아스(전쟁)를 전범으로 삼고 있다.

에 돌을 쌓으면서, 살육을 위한 부대들을 규합하면서 가상의, 구두(口頭)의, 모호한, 무자비한, 가혹한 경계로 구획 지은 도시국가들을 세우면서 행군한다."

라틴어로 *Itur in antiquam silvam*(그들은 고대의 숲을 향해 걷는다).

프랑크 병사들은 라인 강을 따라서, 뫼즈 강을 따라서, 모젤 강을 따라서, 솜 강을 따라서, 센 강을 따라서, 욘 강을 따라서, 루아르 강을 따라서, 가론 강을 따라서 행군한다.

어머니의 어두운 뱃속에서 들었던 외침 소리를 향해 전진한다. 두 발로 서서 비틀거리며 걷기 시작하면 애정 어린 미소로 간주되는 무엇을 향해, 입술을 칠한 아름다운 얼굴로 인지되는 무엇을 향해 걷는다. 칠해진 입술은 엉성한 머리칼 아래로 푹 파인 커다란 원피스 위의 미끼새[3]로, 야릇한 마술 글자들로 변해 매혹한다.

그들은 새들을 향해 걷는다. 음악 속에서 새들을 잃어버렸기 때문이다.

Itur(그들은 걷는다).

Fletur(그들은 눈물을 흘린다).

---

3) 매사냥용의 빨간 가죽으로 만든 새. 풀어놓은 매를 불러들이는 데 사용한다.

어디에서? 인간의 세계가 생겨나기 이전의 숲에서. 지금은 여기저기 숭고한 자취만 남았지만, 그 흔적은 사물들 중에서,

산비탈들 중에서,

해변들 중에서,

스스로 움직이며 갈대와 모래언덕의 멜로디를 노래하는 백사장들 중에서,

강들과 꽃들, 황수선화들과 장미들, 개암나무들과 버드나무들의 기슭들 중에서,

칸막이 뒤에서, 혹은 어두운 동굴 속에서, 혹은 커다란 통판 덧창의 양문을 걸어 잠근 침실의 인공 암흑 속에서 욕망으로 슬며시 알몸이 되는 육체들 중에서,

가장 아름다운 것이다.

이제 덧창의 양쪽 문을 잠근 고리를 푼다. 창문을 연다. 황야로 향해 있는 문의 빗장을 푼다.

고개를 내민다. 발을 내민다. 문지방을 넘는다. 걷는다. 무수한 이끼와 지의(地衣)의 색채를 향해,

잔 나무들과 매혹적인 진한 냄새 속에서 앞다투어 더욱 붉어지고 볼록해지며 아연실색케 하는 버섯의 갓들을 향해,

수정, 운모, 벽옥(碧玉), 금, 터키옥, 오팔, 진주보다 더욱 빛나고 눈부신 새벽들을 향해.

그리고 짙은 혹은 반사하는, 반짝이는, 신기한 이 모든 색

조nuances를 우리는 회화에 녹여 넣었다.

유년기의 눈물로 충분하다.

Lacrimae rerum(만물의 눈물).

하늘에서 떨어지는 원자들은 만물의 눈물들이다.

그래서 베르길리우스는 "지상에 존재하는 비길 데 없는 형상들과 풍경들은 다시 볼 수 없는 것들이라는 사실을 알면서도, 그것들이 손으로 만지는 것처럼 우리의 정신을 건드리는 한, 결국 고통의 눈물이 되고야 만다"라고 썼다.

2. 쿠마이[4]의 새 사육장

석학 바로[5]는 자신이 쿠마이의 빌라에서 대형 가금사육장

---

4) Cumae: 고대 그리스어로 쿠메Κύμη, 쿠마이Κύμαι, 쿠마Κύμα 등으로 발음된다. 이탈리아 나폴리의 서쪽 19킬로미터 지점에 위치한 도시로 그리스와 로마 시대 유적이 많이 남아 있다. 특히 베르길리우스의 『아이네이스』, 오비디우스의 『변신 이야기』 등의 고대 문헌에 등장하는 '쿠마이 시빌라'로 유명하다. 시빌, 시빌레, 시빌라 등으로도 불리는 시빌라는 아폴론 신에게서 예언 능력을 부여받은 여인이었으나 훗날 그리스 무녀를 총칭하는 의미로 사용되었다. 쿠마이 시빌라가 생활하며 예언을 했다는 동굴이 1932년에 발견되어 관광명소가 되었다.

바로 옆에 도서실을 짓게 했던 이유를 애써 이렇게 설명했다. "사자(死者)들의 영혼이 책을 떠나 새들 안으로 들어가, 자신들의 유골 위를 날아다니며, 휴식을 취하고 행복을 느끼게 하기 위해서라오."

3. 독수리 상징의 사도 요한[6]

옛날 어느 날 샤를마뉴는 딸이 비잔티움으로 가기 전에 그리스어를 배웠으면 했다. 섭정 황후 이리니의 아들인 콘스탄틴 왕자에게 딸 로트뤼드를 시집보내려고 작정했을 당시였다. 황후는 아시아를 바라보는, 세상에서 가장 매혹적인 궁전에서 체류하고 있었다. 생리키에 황실 수도원에서 수도사 루키우스로부터 그리스어 교습을 마친 로트뤼드 공주는 'in lingua graeca(그리스어로)' 씌어진 텍스트를 'in lingua

---

5) Marcus Terentius Varro(B.C. 116~B.C. 27): 고대 로마의 문학가. 공화정 말기 내란에서 반(反)카이사르 입장을 취했으나 카이사르 이후에는 여생을 조용히 보냈다. 현재 전해지는 저서로는 『농사론』 『라틴어론』 『풍자기』가 있다.

6) 4대 복음서의 하나인 「요한복음」의 저자. 회화와 조각에서 복음서를 든 하얀 수염의 노인으로 표현되기도 하지만, 흔히 그를 상징하는 독수리와 함께 그려진다. 독수리가 부활과 승천을 의미하기 때문이다.

romana(로만어로)'[7] 번역하고 싶었다. 그것은 미사 성제(聖祭) 통상문[8]에 수록된 것으로 후일 '프랑스어'가 되는 프랑크인들의 언어로 '세례 요한의 복음서'로 불리는 텍스트였다.

Linguae cessabunt(언어들이 그치게 되리라). 이렇게 사도 베드로의 말을 인용하면서, 그녀는 마음먹었던 「요한복음」의 서두를 번역하기 시작했다.

옛날, 태초에 말(파롤)은 존재하지 않았다. 인간도 아직 없었다. 동물은 죄다 짐승들뿐이라 인간 역시 짐승이었다. 그 가운데 가장 사나운 포식자들은, 아직 명명되기 전이지만, 이미 신으로 불리는 존재들로서 고양잇과 동물이나 맹금류였다. 말(馬)은, 수사슴이 공작이듯이, 황태자였다. 하지만 아름다움과 성기의 형태로 인해 보다 인간에 가까웠다. 그래서 말은 독수리와 사자 중간에 놓인다. 언어가 부재한 탓에 꿈의 이미지가 욕망의 음향과 뒤섞였다. 욕망은 허기와 고독으로 인해 생겨나 몸 안에서 증대하다가 광기로까지 발전하는 주기적 공허를 유리하게 이용했다. 욕구불만이 자아낸 신음 소리와 쾌락을 만끽한 결과로서의 가르랑거림은, 반복되는 탓에 짐승들의 입술에서 미끼새 역할을 할 뿐 아니라 갈기갈기 찢

---

7) 로마에서 쓰는 언어는 라틴어와 비슷하지만 다르다. 라틴어에서 파생된, 프랑스어의 원형인 로만어(혹은 로망스어)이기 때문이다.

8) 미사 기도문 중에서 언제나 변하지 않는 부분.

긴 근육의 작은 살점들과 피범벅이 된 이빨들 사이로 무엇인가를 읊조리게 되었다.

소리의 시뮬라크르[9]는 어머니에게서 아이에게로 전달되었다. 파롤은, 그것이 지나치게 분명한 감각이나 명백한 결여와 관계되든가 끊임없는 불안의 조짐에 빠져드는 한, 이제 막 인지된 혼돈을 와해시켰다. 그런데 출생 때마다 살아 있는 새끼 짐승은 어둠을 떠나, 여자의 협소한 성기로 교묘히 빠져나와 대기 중에 이르지만, 빛은 새끼 짐승을 완전히 집어삼킬 수 없었다. 빛은 신참을 광명에, 즉 태양에서 발산된 광선들에서 기인하는 눈부심의 내부에 붙잡아두려고 하지만 허사였다. 육체가 어둠 속에서 살던 당시에 숨결은 존재하지 않았고, 어떤 목소리도 결코 빛을 환대하지 않았다는 단순한 이유에서, 각자의 마음에서 어둠에 대한 그리움이 싹텄기 때문이다. 그리하여 빛보다 선재(先在)하는 어둠에서 태어난 자들은 누구나 빛 속으로 솟아오르게 되면 종종 어둠을 호출했다. 어둠 속에서 줄곧 포만과 비분리와 비가시 상태에서 포동포동하고 농밀한 몸을 웅크린 채 들러붙어 행복하게 살았던 기억 때문이다. 그들은 삶을 영위하던 양수 밖으로 솟아오른 모든 사람

---

9) simulacre: 가상, 거짓 그림 등의 뜻을 지닌 라틴어 *simulacrum*에서 유래한 말로 시늉, 흉내, 모의 등의 뜻을 지닌다.

(혼자이며 물고기 같은, 물고기 같으며 말없는)이 그렇듯이 어둠과 침묵에서 왔으므로, 어둠을 증거하고 고독을 숭배하고 침묵을 사랑한다. 훗날 자신이 빛보다 앞선 세계의 출신임을 기억할 수 있도록 말이다.

그들은 어둠에 속하지 않는다. 어둠 이전에 속한다.

이따금 그들을 에워쌌던 침묵은,

마치 소나기구름 주위에 감도는 일종의 아우라처럼,

마치 성인들의 얼굴을 둘러싼 일종의 후광처럼,

마치 신들의 머리칼에 둘린 일종의 황금빛 동그라미처럼,

마치 산 정상에 감도는 일종의 빛의 무리처럼,

빛도 빈 공간도 없는 액체 상태의 연속된 다른 세계에서 발원했다. 그런 까닭에 예전의 침묵은 빛의 세계로 이전되지 못하고 소멸했다.

빛이 어둠을 맞이하지 못하는 이유는 어둠을 환히 비추기 때문이다.

한술 더 떠, 빛을 발산해 어둠을 말살하기 때문이다.

마찬가지로 말하는 사람은 침묵을 깨뜨리므로 결코 침묵을 맞이하지 못한다.

4. Les pages(지면들)

그런데 훨씬 더 이상해 보이는 사람들이 있을 수 있다. 그들은 자신을 교육시킨 무리에서, 언어를 가르치고 야성을 길들이려고 했던 어머니에게서 이탈한 자들이다. 그들은 침묵을 고수하며 어둠 속에 머물렀다. 마치 낭떠러지 암벽에서 떨어져 나와 갑자기 모래사장으로 추락하는 돌멩이와 흡사했다. 돌멩이가 떨어지는 즉시 주변에는 다시금 침묵이 맴돌았다. 하지만 모양새는 전혀 달라 보였다. 이지러진, 생채기 난, 움푹 팬, 방치된 모습. 그들은 무리에서 빠져나와 절벽 밑이나 갈라진 암벽 틈새의 어둠에 다시 틀어박혔다.

그들은 바라보지 않았다.

그들은 노래하지 않았다.

그들은 말하지 않았다.

그들은 뒤집은 나무껍질에, 깨진 도기 쪼가리에, 떠내려온 나무토막에, 기호들을 나열할 만큼 넓은 잎사귀라면 그 뒷면에 글을 썼다. 심지어 돌에도 썼는데, 돌을 오랫동안 다듬어 그 위에 대중에게 설명하지 않았던 작은 형상들을 새겨 넣었다. 심지어 뼈에도 썼다. 살을 모조리 발라내고 문질러 윤을 낸 다음에 꿈이 형성되는 어둠에서 발원된 이미지들의 윤곽을 단순화시켜 그려 넣었다. 꿈을 꾸던 곳인 침묵에 자신들이 행복에 취해 남겨둔 이미지들이었다. 그들은 갑자기 어머니의 오목한 성기 같은 동굴 속으로 들어가서, 손톱과 부서진 돌로 어둡고 고요한 궁륭을 뒤덮은 방해석에 홈을 새겼다. 소나무 횃불을 사용했으므로, 이미지를 새기는 내내 눈 아래 횃불에서 피어오르는 연기 때문에 눈물을 흘렸다. 바로 '눈 아래 불길 덕분에 생긴 빛의 내부'가 그들이 'page(지면)'라고 부르는 것을 형성했다. 그런 것들이 'pages'이다. *in lingua latina*(라틴어로는) '*pagi*(페이지).' *in lingua romana*(로만어로는)[10] 'pays(마을).'

5. 말〔馬〕들

카를로마누스[11] 시대에 솜 강변에는 제후들이 종종 시동들 pages[12]을 거느리고 전진했다.

---

10) 215쪽 주 7 참조.
11) Carlomannus(751?~771): (재위 768~771) 피피누스(피핀, 페팽) 단신왕의 둘째 아들로 아버지가 죽고 난 후 프랑크 왕국의 절반을 상속받아 다스렸다. 그의 사후에 영토는 형인 카롤루스(샤를마뉴) 대제에게 넘어갔다.
12) 지면, 페이지를 뜻하는 'page'가 여기서는 왕이나 영주의 시동을 가리키는 단어로 쓰였다. 동음이의의 언어 유희.

그리고 책들livres은 말〔馬〕들이었다.[13]

책들은 또한 황소일 수도 있었다. 당시에는 여자들이 비와 추위를 피할 수 있게 가죽을 팽팽하게 당겨 씌운 수레를 황소가 끌었기 때문이다.

사슴 가죽에 글을 쓰기도 했는데, 무두질을 잊은 탓에 가죽에서는 냄새가 났고 털투성이였다.

저 너머에—아시아의 산맥들 너머 푸른 안개가 자욱한 나라에—라오췌[14]라는 이름의 은자가 있었다. 중국 국경에 다다른 그는 타고 가던 황소의 가슴 띠를 넷으로 접어 옷 주머니에 넣었다. 그렇게 그는 높은 계단을 하나씩 올라갔고, 만리장성을 넘어 인도로 갔다.

옛날에, 중국 제국보다 훨씬 이전에, 고대인들이 시베리아로 피신하기—혹은 일본의 변형 생성 중인 불안정한 섬들에 칩거하기—훨씬 이전에, 내벽면에는 들소들이 그려져 있었다.

수소들과 말들과 들소들 훨씬 이전에 멋진 뿔을 지닌 수사슴들이 그려져 있었다.

사슴뿔의 가지들bois[15]은 어디에서 연유하는가?

숲을 따라 형성되는 촌락들pagus은 어디에서 연유하는가?

---

13) 종이가 없던 시절에 말이나 황소, 사슴 가죽에 글을 썼기 때문이다.
14) 老子(B.C. 604~B.C. 531): 춘추시대 초나라의 철학자.
15) '숲'을 의미하기도 한다.

숲속의 빈터에 열리는 지면들pages은 어디에서 연유하는가?

연안의 마을들pays은 어디에서 연유하는가?

눈〔眼〕으로 쫓는 선ligne은 어디에서 연유하는가?

수평선은 실재가 아닌 허구이다.

수평선은 인간에게 가능한 전망의 한계에 상감(象嵌)되는 상상의 선(線)이다.

가공의 선 위에서 전적으로 언어학적인 인간의 영혼이 자신의 출발을 기록한다.

손은 지면에서 실재계 어디에도 존재하지 않는 선을 따라가게 할 뿐이다.

바로 그곳에, 하늘 도처에 새들이 내려앉으며 세상이 멈춘다.

왜 새의 깃털로 글씨를 쓰는가?

빛의 연안에서는(in luminis oras) 무엇이나 참으로 기이하다. 해를 바라보는 이의 눈에는 왼쪽에서 오른쪽으로의 움직임이 태양 자체에 생명을 부여한다. 하지만 별의 움직임은, 별의 새벽이 오른쪽에 있으므로 그것이 별의 출생이다. 성인 드니 아레오파고스라고도 불리던 사도 성인 베드로가 동방 l'Orient이라고 불렀던 바로 그곳이다. 왼쪽의 황혼은 별의 기지(基地)나 소굴을 형성한다. 프랑크인들의 늙은 암늑대가 세

221

계의 서방 l'Occident이라고 지칭하는 바로 그곳이다. 다름 아닌 우리가 죽는 곳이다. 별들과 별자리들은 언제나 어둠 속에서 떠올라 동쪽에 나타난다. 즉 바라보는 이의 왼손에서 떠오른다. 그리고 태양이 기력을 잃고 어슴푸레한 진홍빛 속으로 천천히 저물어갈 때, 태양을 향해 무릎을 꿇고 쫙 핀 손바닥을 내미는 이의 오른손에서 사라진다.

그런 이유로 632년 세비야의 이시도르[16]는 세비야[17]에서 『어원학 Origines』[18]에 오른손으로 이렇게 썼다. "지면(pagina)은 촌락(pagus)이지만 그것을 읽는 '곳-육체'는 '검은 후광'이다."

6. 루아르 강에서의 죽음

849년 라이헤나우[19]의 수도원장이며 저술가인 왈라프리

16) Isidore de Séville(560~636): 30년 이상 세비야의 대주교를 지낸 학자. 저서로는 『어원학』과 『어원백과사전』 제18권이 있다. "인체는 세계를 구성하는 4대 요소로 이루어져 있다. 인간의 살은 흙의 성질을, 피는 물의 성질을, 숨결은 공기의 성질을, 체온은 불의 성질을 지니고 있다"라고 정의한 것으로 유명하다.
17) 스페인 남서부에 위치한 네번째로 큰 도시.
18) 『어원학 Étymologie』의 다른 제목이다.

드[20]는 루아르 강의 얕은 곳을 지나다가 물구멍에 빠졌다. 팽이처럼 소용돌이에 휩쓸리다가 숨을 돌리지 못하고 죽었다.

7. 하늘

별들이 뜨는 순간 구(球)처럼 보이는 하늘의 외관 자체는 허구에 불과하다. 돌아가며 명멸하는 별빛을 바라보는 시선의 고안물이다.

솜 강변의 사르는 다음과 같은 즉흥시를 지었다.

"저녁에는, 매일 저녁 무엇인가 더욱 동그래지는데,

청색도 밤색도 흑색도 아닌 그것은

어둠에 으깨지기 전에는 어두침침한 원 같고,

그 아래로 끊임없이 ──무한히── 흐르는 강물을 뒤덮은 궁륭이나 아치 같고,

팔 아래 보드라운 천을 펼쳐 발가락으로 잡아 늘이는 박쥐들은 흡사 천지사방으로 날아다니는 작은 쥐색 지붕들 같고,

---

19) Reichenau : 독일 남부 보덴 호수에 있는 작은 섬.
20) Walafrid Strabon(808~849) : 독일의 신학 저술가.

고양이들은 벨벳 같은 발로 돌아와 둥글게 몸을 말고 보드라운 털에 덮인 배 밑에 발바닥의 살을 거꾸로 밀어 넣고,

새들은 입을 다문 채 밤〔夜〕을 대비하느라 추운 듯이 날개를 접어 작고 볼록한 배에 붙이고,

집의 지붕들이 흐릿해지고 기와의 형태가 하나씩 사라지며 휘고,

풀밭은 연안까지 이어지다 멈춰 불룩하게 경사지고,

대나무들은 몸 떨기를 그치고 갑자기 앞으로 머리를 숙이고,

닳고 벌레 먹은 테이블의 목재는 엉덩이가 닳은 낡은 벨벳 바지처럼 부풀어서 보풀이 일고,

녹슬어 갈색으로 변한 철제 의자들은 원형(圓形)의 제 그림자에 묻히고,

긴의자와 그 천에는 무게가 걸려 움푹 패고,

책이 반쯤 펼쳐지고,

지면이 책장을 넘기는 손가락 아래로 들춰지고,

그리고 내가 있노라."

8. 지베[21] 항구

　불현듯 나는 더 짙은 안개 속으로 단숨에 들어섰다. 야릇한 솜 같은 차디찬 안개 속을 더 느리게 걸었다. 시야가 흐릿했다. 강가를 따라 있는 덤불숲을 아주 천천히 걸었다. 욘 강에 떠 있는, 수리할 목적으로 마른 버팀목으로 들어 올린 거룻배에 이르렀다. 어쨌든 다소 오염된 노란빛의 몽롱한 안개 속에서 흔들리는 축축하고 흐릿한 등불들을 알아보았다.

　지베 항구를 지나쳤다.

　강물 소리에 귀를 기울이며 겁이 나 물가에서 벗어났다.

　작은 항구의 선착장에 깔린, 범람과 비로 인해 자주 포석이 떨어져나가는 미끄러운 회색 포도(鋪道) 위를 책 꾸러미를 든 채 한 걸음 한 걸음 느릿느릿 걸었다.

　미끄러지지 않으려고 돌난간을 손으로 스치면서 더욱 안전한 다리를 좀더 활기차게 건넜다.

　말라르메가 어린 시절에 미사를 보러 다녔다는 생모리스 섬의 오래된 바이킹 성당 앞을 지났다.

　쌍을 이룬 들오리들의 훼방꾼이 되면서, 말[馬]로 배를 끌

---

21) Givet: 벨기에와의 국경 부근 아르덴 지방의 뫼즈 강에 면한 항구. 키냐르가 욘 강의 항구로 착각하지 않았을까 싶다.

던 오래된 예선도(曳船道)를 거쳐 마침내 작은 가옥 세 채로 이루어진 내 집으로 가기 위해 젖은 풀숲으로 들어섰다. 예선도는 옛날에 상스에서 생쥘리앵뒤솔과 주아뉘의 다리까지, 서까래도 없고 꿈으로 대들보를 삼은 카데 루셀[22]의 집이 있는 오세르[23]까지 이어져 있었다. 갑자기 꿈 생각이 난다. 온통 안개로 자욱한 강변이었다. 남자들과 여자들, 몇몇 어린애까지 섞인 우리 20여 명은 물가에 바싹 붙어 선 채 알몸으로 꼼짝도 않고 기다리고 있었다. 내가 꾼 꿈은 고통스러운 꿈이었다.

---

22) Cadet Rousselle : 지금은 유아복 상표로 더 유명하지만, 18세기에 널리 유행했던 노래로, 흔히 어린이들이 놀이에서 순번을 정하기 위해 불렀다. 노래는 오세르의 카데 루셀이라고 불리던 실존 인물(본명은 기욤 루셀Guillaume Rousselle, 1743~1807)을 조롱하는 내용을 담고 있다. 사법 집행관이었던 그는 별난 사람으로 별난 집을 짓고 살았다고 한다. 14절로 구성된 노래의 제1절은 다음과 같다.

Cadet Rousselle a trois maison(bis)
카데 루셀에게는 집이 세 채 있어요(반복)
Qui n'ont ni poutres ni chevrons(bis)
대들보도 서까래도 없는 집이죠(반복)
C'est pour loger les hirondelles
제비들을 위한 집이니까요
Que direz-vous d'Cadet Rousselle
카데 루셀을 어떻게 생각하세요.
Ah! Ah! Ah! Cadet Roussel est bont enfant
아! 아! 아! 카데 루셀은 착한 아이죠

23) Auxerre : 프랑스 부르고뉴 지역의 도시로 욘 주의 주도.

날이 추웠다. 밤이 끝나고 있었지만 여전히 캄캄했다. 잘 보이지 않았다. 보기가 힘들었다.

느닷없이 욘 강의 예선도가 비크[24]에서 가까운 피레네 산맥의 호수로 바뀌었다. 호수의 물은 그지없이 잔잔했다.

한기 때문에 살갗이 창백해지고 온몸에 오톨도톨 소름이 돋았다. 여자들의 젖가슴과 남자들의 페니스는 흥분되지 않고 축 늘어졌다. 동이 트면서 세상은 더 추워졌다. 우리는 기다렸다.

산 너머로, 스페인 너머로, 새벽이 밝아오기 시작하지만 아직 해는 뜨지 않았다.

우선 땅이 발밑에서 물렁한 진흙으로 변했다.

그런 다음에 물이 발에서 장딴지까지 차올랐다. 무릎까지 잠겼다. 이제 강변에는 키 큰 갈대들만 보였다. 일종의 파란 해초도 있었는데, 발가락들 사이로 들어가 간질거렸다. 갑자기 우리는 일제히 고개를 돌렸다. 저쪽 강기슭의 강물 멀리에서 움직이는 점 하나가 보였기 때문이다. 아마도 작은 배일 듯싶은데, 확신할 수는 없었다. 배라면 어느 방향으로 가는지 알 수 없었다. 세상의 저쪽 끝에서 우리처럼 벌거벗고 있는 불행한 형체들을 찾아보았다. 그 무엇도 정확하게 보이지 않았

24) Vic: 스페인 바르셀로나 주의 도시.

다. 우리는 점점 더 추웠다. 왜 하늘에 새벽빛이 떠오르지 않는지 알 수 없었다. 하지만 우리 가운데 아무도 움직일 엄두를 내지 못했다. 심지어 어린애들 넷도 감히 움직이지 못했다. 차츰 진흙에 묻혀가는 작은 두 다리로 버티고 선 채 추위에 떨고 있었을 뿐이다. 우리는 기다렸다.

X

(*Liber eruditorum* 석학들의 책)

1. 이상은[1]

834년 이상은은 불결함의 목록을 구상했다.

999년 세이 쇼나곤[2]이 그 목록을 이어갔다.

사람들은 밤마다 자신의 또 다른 껍질을 벗는다.

그러고 나서 몸을 거울의 매끄러운 표면 가까이로 가져간다. 얼굴을 씻는다.

---

1) 李商隱(812/813~858?): 당나라의 시인. 주로 전고(典故)를 인용한 서정시를 많이 썼다. 일생을 불우하게 지냈지만, 두보(杜甫)의 전통을 이은 만당(晚唐)의 대표적 시인으로 높은 평가를 받는다. 저서에 『의산시집(義山詩集)』 6권과 『서곤창수집(西崑唱酬集)』이 있다.
2) 세이 쇼나곤〔淸少納言〕: 일본 헤이안 시대의 여성 작가이자 가인(歌人).

이쑤시개로 송곳니를 청소한다. 손톱을 하나씩 닦는다. 손바닥을 맞비벼서 낮에 낀 때를 제거한다. 불을 끈다.

알몸——방금 소등한 빛 때문에 여전히 인광을 발하는——으로 복도로 나가 침실의 어둠 속으로 들어간다.

시트를 들치고 침대로 미끄러져 들어간다.

그들은 매우 파리하다.

녹색 이끼 위로 모습이 뚜렷하게 드러난 강기슭의 개구리들 같다. 그것들은 튀어나온 야릇한 왕방울 눈을 부릅뜨고 있다. 올챙이 시절 우리의 허름한 최초의 세계는 캄캄한 물이다. 태어나기에 앞서, 태양을 알게 되기에 앞서, 우리는 거의 칠흑 같은 암흑에 거주했으며, 잉어나 게나 낙지나 뱀장어처럼 전혀 호흡하지 않으며 살았다. 최초의 인간으로 거슬러 오르는 극히 오래된 설화에서는 이 세상이 풀밭의 표면 아래 도사린 지옥이나 바위들 내부에 입 벌린 심연인 듯이 언급된다. 하지만 예전에 호렙 산[3]과 시나이 산의 사막에서 우리 선조들이 기록한 『구약성서』에 따르면, 그곳은 네 개의 강물이 솟구치고 최초의 남자와 최초의 여자가 행복했던 에덴이었다. 우리의 몸은 물이 자신의 기원이나 어머니로 여기는 놀라운 자

3) 『구약성서』 「출애굽기」에 나오는 산으로 시나이 산과 동일시되는데, 같은 산맥의 다른 두 개의 산이라는 설도 있다. 모세가 신에게서 율법을 받은 곳.

취이다. 신은 청개구리들과 도롱뇽들이 살며 새들에 에워싸인 오아시스의 못〔淵〕으로 우리를 끊임없이 초대한다. 밤이 되어 외부로 향한 문을 걸어 잠그고, 깊숙하고 뜨겁고 향기롭고 고독한 욕조의 따뜻한 물에 몸을 담그며 누가 행복에 전율하지 않겠는가? 누가 스르르 눈을 감지 않겠는가?

제일 먼저 몸을 보호하고 때로는 아름답게 꾸며주는 직물 옷과 속옷, 팬티와 짧은 바지를 벗는다. 그리고 지나치게 밝은 세면대 위의 빛을 좀 약하게 줄인다. 이미 가슴은 진정되고, 공기에 노출된 유두는 꼿꼿해진다. 더 천천히 호흡한다. 심장박동이 느려진다. 무릎을 올려 사기나 주물 욕조의 테두리 너머로 다리를 들어 올린다. 휴식의 시작이다. 물속으로 발가락들이 들어간다. 바야흐로 최초의 상태에 대한 추억에 직면하려고 한다.

2. 새 사냥

옛날에 프랑크족의 왕은 새 사냥을 즐겼다. 샤를마뉴가 자신의 왕국과 지붕의 용마루와 동전 뒷면을 위해 선택한 새는 독수리였다. 프랑크족의 왕은 고대 로마의 왕들에게 속했던 하늘의 왕을 다시 취했다. 독수리가 부대 위를 날면, 그것은 *omen*(길조)이다. 승리에 대한 확신이다. 프랑크인들이 사용하던 고어로 독수리 수장을 아라우즈Arauz(혹은 아리발드 Arawald)라고 한다. 로마 황제들은 『플로리드』 CXXVI[4]에 기록된 것처럼 이렇게 말했다. "독수리가 하늘로 날아올라, 지나가는 구름을 넘고, 크고 힘찬 날갯짓으로 비와 눈〔雪〕이 머무는 곳 너머로 천둥과 번개의 영역에 도달하면, 몸을 살짝 기울여, 쫙 펼쳐진 날개를 배의 돛처럼 사용하면서 우선 오른쪽으로 맴돌며, 주인인 제후가 그러하듯, 자신이 지배하는 대지 전체를 흘낏 단번에 품는다. 지평선을 가늠하며 초연하게 활상(滑翔)한다. 시야에 갑자기 먹잇감이 나타나기라도 하면, 일순간 침묵으로 녹아든다."

하지만 요컨대 지배자는 관조한다.

978년 4월 오토 2세[5]와 그의 새 아내인 테오파노—아말피[6] 항구에 내린 비잔티움의 왕녀—는 엑스라샤펠의 황궁에

---

4) *Florides*: 라틴어로는 *Florida*. 루키우스 아풀레이우스Lucius Apuleius(123? ~170 이후)의 선문집(選文集). CXXVI은 76절을 뜻한다.
5) Otto II(955~983): 오토 왕가의 세번째 왕. 독일왕이자 이탈리아왕이었으며 신성로마제국의 황제였다.
6) Amalfi: 이탈리아 캄파니아 주의 항구도시.

232

서 부활절을 보내고 싶었다. 그들은 엄청난 행렬을 거느리고 황궁으로 향했다.

프랑스의 왕은 이 사실을 알자마자 노여움으로 얼굴이 새 빨개졌다.

그는 위그 카페[7]와 부르주[8]의 공작[9]에게 도움을 청했고, 그들은 대규모 병력을 규합하여 즉시 동부의 도로를 달려갔다.

말을 타고 밤낮으로 달린다.

기상천외한 기습이다.

오토 왕과 테오파노 왕비는 아헨의 대형 홀을 겨우 빠져나간다.

프랑크 전사들이 궁중의 빌라에 들이닥치자, 직사각형의 커다란 식탁에 차려진 왕과 왕비의 식사에서 김이 모락모락 피어오른다.

위그 왕의 병사들은 샤를마뉴가 건립한 옛 궁전의 지붕 위로 올라가, 예전에 황제가 로마 방향으로 설치한 청동 독수리

---

7) Hugues Capet(939/941~996): 카롤링거 왕조를 대신하여 카페 왕조를 개창한 인물로 987년부터 프랑스왕이었다.

8) Bourges: 메로빙거 왕조 때 아키텐 공국에 속했던 도시. 프랑스 중부 셰르 주의 주도이다.

9) 장 드 베리Jean de Berry(1340~1416): 조카 샤를 6세가 정신이상 증세를 보이자, 동생인 대담공 필리프 2세Philippe II le hardi와 함께 왕권을 대리했다.

를 작센[10] 쪽으로 돌려놓는다.

유럽 역사에서 끝 모르는 증오가 생겨난 것은 바로 이 순간
이다. 즉 978년 4월 청동 독수리가 동쪽으로 돌려지는 움직임
의 순간.

3. 지난날의 눈〔雪〕

(잠에서 깨어 창문을 열자, 반짝반짝 빛이 나고, 경탄을 자아내는
두꺼운 층의 눈을 일단 보고 나면) 새벽에 내리는 지금의 눈에 지
난날의 눈이 있어 함께 내리는 걸 알게 된다.

지금의 눈은 눈부신 백색과 더불어 옛날의 야릇하고 머나
먼 침묵을 가져온다.

우리는 창을 열고 영원의 시간대로 빠져든다.

4. 페누키아누스의 죽음

오직 빛의 늙은 지배자만이, 자신이 반짝이게 만드는 경관

---

10) Sachsen: 독일 동부에 위치한 주로 주도는 드레스덴이다.

과 더불어 유희를 즐긴다.

새벽에 새들은 해가 떠오르기를 기다린다.

일단 여명이 제방을 비추고 나뭇잎들을 꿰뚫어 이파리들이 밝게 빛나면, 새들은 싸움 친구나 놀이 친구를 찾으려고 안달한다. 다람쥐, 고양이, 물뱀, 참새와 벌레.

꿀벌. 나비. 잠자리.

그러던 어느 날 새벽 침묵이 극에 달했다.

동물들이 모두 제방으로 나와 강물의 소용돌이에서 맴도는 떨어져 나온 머리통을 에워쌌다.

그때 새까만 작은 티티새가 이루 말할 수 없이 아름다운 노래를 불렀다. 부리는 노란색보다 하얀색에 가깝고, 두 발은 사랑에 빠진 여인들의 끈에 묶인 듯했다. 다람쥐와 고양이, 물뱀과 백조는 하나같이 미동도 하지 않았다.

예전에 '멜레스'라고 부르던 강 하구에서 오르페우스의 무덤을 보았는데,

조가비 파편들을 비집고 겨우 삐져나온 모래투성이 머리통이,

티르소스[11]에 맞아 여전히 피범벅인 입을 크게 벌리고,

---

11) 주신(酒神) 바쿠스의 지팡이.

여전히 노래를 불렀다.

베르길리우스에 따르넌 "분을 못 참은 트라키아[12) 여자들
손에 오르페우스가 갈기갈기 찢겨 죽었을 때,
　황소 옆구리 살처럼 기름지고 육즙이 풍부한
　허벅지는 털도 안 뽑힌 채 날로 먹혔고,
　머리통은 이리저리 구르다가,
　산언덕의 비탈을 굴러 강물에 빠졌다.
　보스포루스 바닷물에 빠진 레안드로스의 머리통처럼,
　오 황금빛의 흙 둔덕이여,
　palluit auro(창백한 금빛을 띠누나),
　옛날, 어느 날 대서양의 파도에 휩쓸린 니타르의 머리통처럼,
　티레니아해의 시퍼런 물에 빠진 부테스[13)의 머리통처럼,
　바위들이 원을 이루어 어두운 왕관인 양 머리통을 에워쌌고,
　먹구름은 강변의 백사장 위로 떼 지어 몰려들어
　8월의 극심한 더위 속에서 눈물을 흘렸다"고 한다.

---

12) Thracia: 발칸 반도의 남동쪽을 부르는 지명.
13) Boutès: 그리스 신화에 나오는, 황금의 양털 가죽을 찾는 아르고호의 모험에
　　참가했던 인물. 세이렌의 노랫소리에 이끌려 바다로 뛰어들었으나 아프로디
　　테에게 구조되었다. 그를 주인공으로 한 키냐르의 소설 『부테스』의 우리말 번
　　역판(문학과지성사, 2017)이 출간된 바 있다.

5. 아르트니의 죽음

솜 만의 여류 시인이며 샤먼인 사르는 낙타가 네 발로 다시 일어서는 모습을 보았다. 그녀는 말들과 사랑에 **빠진**, 뢰켄[14] 교구 사제의 아들에게 다음과 같은 시로 응답했다.

"울새는 딱딱한 부분을 버리고 나서 노래한다!

알의 딱지를 우리는 **껍질**이라고 부른다. 껍질이여 아듀!

울새는 껍질을 심지어 말벌의 날개에도 내던지고,

둥지에서 몰아내 심지어 메뚜기 몸통 끝에서 다리 노릇을 하는 작은 막대들에도 내던진다.

그런 다음에 노래한다!

오, 송악의 열매와 딱총나무의 장과(漿果)를 좋아하는 작은 새여!

목구멍의 판막이 지는 낙엽처럼 붉게 물들어가는 너,

네가 가을이 아닌 무엇을 먹겠는가?

너는 가을인 새로다.

겨울 쪽을 바라보는 두 눈처럼 근심 어린, 골몰한, 주의 깊은,

농밀하고 새까만 작은 공들,

---

14) Röcken: 독일 작센 주의 자치도시.

검은 방울들이 열린 아메리카담쟁이 덩굴[15]의 새로다.

때로는 네 붉은 목구멍이 거의 오렌지색으로 변하는데,

그때 너는 시들게 버려둔 노란 포도알들의 새로다!

오, 작은 새들이여, 이 작은 황금빛 소라고등을 쪼며 맘껏 취하거라!

하지만 작은 발톱으로 움켜 쥔 나뭇가지에서 떨어지지 말 것이며

흠뻑 행복을 들이마신 다음에 공중에서 졸다가 죽지 않게 조심하라!

오, 가을인 새소리를 듣는 그대여

우리네 인간들은 누구나 경탄할 만한 노래가 들리는 즉시 귀를 기울여야 하지만,

새의 노래를 들으며 새의 목구멍을 예의 주시하라!

우리는 쾌락 가운데서도 불침번을 서야 한다. 언제나 쾌락에는 약간의 절제와 허무, 두려움을 섞을 필요가 있다!

새가 노래한다면, 그건 우리들 중 누군가 죽어가고 있다는 말인즉, 누군가에게서 흘러나온 피가 새의 목구멍으로 올라

---

15) 북아메리카가 원산지인 쌍떡잎식물 포도과의 덩굴식물. 영어로는 Virginia Creeper라고 한다.

오기 때문이다."

그로부터 얼마 후 과연 아르트니가 죽었다.

6. 수도사 루키우스

일순간 겨울로 접어들어 혹독한 추위가 찾아왔다.

늙은 수도사 루키우스는 은둔자 리키에 성인에게 바쳐진 수도원의 신임 수도원장으로부터 숲에 가서 나무를 베어 오라는 지시를 받았다. 사제들 식당의 난방용 땔감을 마련하기 위해서였다.

어깨에 도끼를 메고, 수도사 루키우스는 수도원 문을 나섰다. 숲으로 들어갔다. 그는 떡갈나무 숲에 눈독을 들였다. 작업을 하기 시작했다. 그의 도끼질에 나무가 한 그루, 두 그루 베어져나갔다.

갑자기 깜짝 놀란 그가 도끼질을 멈춘다. 떡갈나무 고목의 낮은 가지에 새 한 마리가 앉아 노래를 부르는데, 그 소리가 어찌나 아름다운지 밤의 끝자락에 노래하는 꾀꼬리와는 비교도 안 될 정도였다. 아무도 흉내 낼 수 없을 터였다.

명창인 티티새조차도.

설령 페누키아누스가 그 자리에 있을지라도, 울새의 목구멍에서 새어나와 대기 중에서 파열하는 멜로디가 어찌나 풍부하고, 세련되고, 숭고한지, 명함도 못 내밀 지경이었다.

온갖 다른 새들조차도 한창 밝아오는 새벽빛 속에서 그 노래를 감상하느라 입을 다물었다.

심지어 나뭇가지들도 하나같이 대기 중에서 미동도 하지 않았다.

빛도 예사롭지 않다.

숲 전체가 침묵한다.

수도사 루키우스 역시 꼼짝도 하지 않는다. 도끼가 손에서 떨어졌다. 그가 고개를 든다. 아연실색케 하는 노래를 들으며 떡갈나무 아래 그대로 서 있다. 그는 넋이 나간다. 눈물이 흐른다. 마침내 노래가 끝난다.

그러자 수도사 루키우스는 베어낸 나무들 쪽으로 돌아온다. 나무들을 쳐다보며 놀란다. 구더기가 바글거리기 때문이다. 땅에도, 나무들 주변에도, 바닥에 흩어진 나뭇잎들이 모조리 죽어서 검은색이다. 그는 나뭇잎들 사이에서 도끼를 찾는다. 손잡이는 바스러져 먼지로 변해 있었다. 쇠에는 녹이 슬었다. 녹슬지 않고 남은 곳이라곤 작고 동그란 부분인데, 마치 검은색 귀같이 꼭 그만한 크기다.

수도사 루키우스는 어찌된 영문인지 알지 못한다. 새소리를 들었던 기억이 순간적으로 겨우 떠오른다.

그는 흐릿한 빛 속에서 쭈그리고 앉는다.

그는 도끼에서 녹슬지 않은 쇠 조각을 줍는다.

그는 쇠로 된 귀를 주머니에 넣는다.

그는 수도원을 향해 간다.

앙길베르 백작이 고대인 리카리우스(혹은 백합 문양을 넣어 직조한 튜닉 차림의 늙은 리키에 왕)를 기리기 위해 건립한—치유의 샘 위쪽에 돌을 쌓아 아치형으로 만든 예배당이 있는—으리으리한 수도원에 당도하자, 그는 문을 두드린다.

문지기 수도사가 창구를 열지만 그를 알아보지 못한다.

그러자 수도사 루키우스가 거듭 말한다.

"나는 수도사 루키우스요."

하지만 문지기 수도사는 이렇게 응수한다.

"여기 루키우스란 수도사는 없다오."

그는 고집스럽게 간청한다.

간청에 못 이긴 문지기 수도사가 다른 수도사를 부른다.

그들은 작은 쇠 창구 너머로 그를 바라보지만 알아보지 못한다.

그가 이름을 되뇌자 그들이 웃음을 터뜨린다.

차츰차츰 수도사들 모두가 수도원 문에 난 쇠 창구 주위로 모여들어 웃는다.

그들이 수도원장을 불러온다.

수도원장도 쇠 창구를 통해 그를 훑어보며 자초지종을 묻는다. 황당한 답변들에 당혹스러워진 그는 마침내 이렇게 말한다.

"당신이 우리 교단에 속하며, 이곳에 대해 손바닥 들여다보듯 잘 안다는 사실도 인정하오. 그런데 루키우스 수도사가 대체 누구요?"

갑자기 수도원의 한 늙은 사제가 지팡이로 바닥에 깔린 포석을 두드린다.

모두가 일제히 그를 향해 몸을 돌린다. 그는 옛 사제가 수도원 명부에 기록한 이야기를 읽었던 기억이 난다고 말한다. 옛 사제 자신도 옛 수도사에게서 들은 이야기였다고 했다.

루키우스 수도사를 문 앞에 세워둔 채, 수도사들 모두가 지팡이를 짚고 또각또각 걷는 늙은 사제를 뒤따라 수도원의 도서실로 몰려간다. 그을음이 켜켜이 앉은 낡은 가죽 책들을 뒤적인다. 그중 털도 안 뽑은 곰 가죽에 루키우스 수도사라는 이름의 사제 이야기가 쓰여 있었다. 나무를 하러 숲속에 갔다가 실종되었다는 거였다. 혹은 도주했거나 산짐승에게 잡아먹혔을 가능성도 있다고 했다. 그들은 날짜와 시간을 대조하고 이

름을 비교한다. 이미 3백 년의 세월이 흘렀다. 니타르가 수도
원장직에 있던 시기였다. 그는 베르트와 앙길베르의 아들이
고, 샤를마뉴의 손자이며, 대머리왕 샤를의 왕실 비서관을 지
냈던 인물로서 옛 성당의 포치 맞은편 포석 아래 매장되었다.
사제들이 모두 다시 수도원의 문으로 온다. 루키우스 수도사
에게 사과하고 그를 회랑으로 맞아들인다. 원장에게 하듯 깍
듯하게 인사를 드린다. 그리고 자신들이 읽은 이야기를 들려
준다. 수도사 루키우스가 답한다.

"내게는 3백 년의 세월이 15분은 훨씬 넘게 혹은 약 30분처
럼 여겨진다오."

"15분이나 30분처럼 느껴진다고요?"

"30분."

"3백 년이 말인가요?"

"그렇소. 3백 년이 내게는 30분 같네."

한 수도사가 응수한다.

"그럴 수 있어요. 우리가 노래를 들을 때, 육체는 흐르는 시
간에 예속되지 않으니까요."

다른 수도사가 말한다.

"그 말은 논란의 여지가 있어요. 육체란 인간으로 육화된
흐르는 시간이거든요."

세번째 수도사가 단언한다.

"우리 기독교 수도사들과 샤먼 왕 리카리우스와 앙길베르 해군 총독이 이 땅을 점령하기 전에 여기서 고독하게 살아가던 이교도 수도사들이 이런 말을 했답니다. '영혼이 세외 목소리에 귀를 기울이면, 영혼은 다른 세계로 옮겨간다'라고 말입니다."

수도사 루키우스는 자신을 측은한 눈길로 바라보는 동료 수사들을 바라본다.

아주 나지막하게 수도사 루키우스가 묻는다.

"혹시 콧잔등이 하얀 검은 새끼 고양이가 돌아온 걸 보지 못했소?"

7. 테살리아[16]의 루키우스

마다우로스[17]의 아풀레이우스[18]가 말했다.

---

16) Thessalia: 그리스 중북부에 있는 지방. 메테오라는 거대한 바위군 정상에 지어진 수도원이 남아 있다.

17) Madauros: 고대 누미디아의 도시. 현재 알제리 동북부 지중해 연안의 안나바에서 90킬로미터 정도 떨어진 오지이다.

18) Lucius Apuleius(124?~170 이후): 아프리카 마다우로스에서 출생한 고대 로마 제정 초기의 소설가.

"루키우스는 올빼미가 되기를 원했다오."[19]

그러자 글렌덜록의 알릴라가 눈물을 흘리며 말했다.

"그 책은 내 살아생전의 애독서였어요!"[20]

8. 올빼미

갑자기 내 오른쪽에서 큰 소리가 들렸다. 풀과 땅을 후려치는 엄청나게 큰—폭이 최소 1미터인—날개가 보였다. 이윽고 올빼미가 날아올라 사과나무 가지에 앉았다. 부리에 노랗고 물렁한 작은 괄태충 한 마리가 늘어져 있었다. 새는 불안한 기색이었다.

내가 올빼미에게 말했다.

"아르트니, 드세요."

나는 덱체어에서 일어났다.

나뭇가지 아래 발끝으로 섰다. 새가 날아와 내 손 위에 앉았다. 무게가 족히 4백 그램 정도 나갔다. 나는 새를 알아보았다. 바로 아르트니였다.

---

19) 아풀레이우스가 로마 체재 중에 쓴 대표작 『황금 당나귀』에 나오는 구절. 주인공과 저자 모두 이름이 루키우스이다.

20) 『황금 당나귀』는 키냐르가 전범(典範)으로 삼는 애독서이기도 하다.

새가 내 손 위에 있는 벌레를 먹고 나서 우리는 함께 이야기했다. 밤새도록 꽤 오랜 시간 담소를 나누었다. 거의 새벽녘이 되어서야 나는 집 안으로 들어왔다.

프랑스어 탄생의 현장 스케치

각 10여 장으로 구성된 10권의 책이라는 좀 특이한 목차를 지닌 이 작품을 한마디로 요약하자면 '프랑스어가 태어나는 순간'의 현장 스케치라고 할 수 있다.

키냐르의 작품들은 하나같이 '옛날'로 수렴되는 '옛날'에 대한 담론이다. 이 책도 예외는 아니지만 약간의 변별성을 지닌다. '옛날'에 대해 말하는 대신 언어라는 붓으로 '옛날'을 현장 스케치로 생생하게 그려내고 있다는 점에서 그러하다. 다시 말해 '옛날'이라는 원초적 분출(빅뱅)의 현장으로 우리를 불러들이고 있다. 그런데 무엇에 대해 이야기하는 것과 무엇을 현장에서 그려내는 것은 어떻게 다른가? 하나가 부재하는 것에 대한 그리움이라면, 다른 하나는 현장에서 느끼는 기쁨이다. 작가가 이 작품을 가리켜 '기쁨이 가득한 책'이라고 말하는[1] 것은 그런 까닭에서이다.

핵심용어들(옛날jadis/최초의 왕국premier royaume/마지막 왕국 dernier royaume)

키냐르의 책을 읽어내기란 그리 쉬운 일이 아니다. '옛날'
로 수렴되는 키냐르의 미궁으로 들어서려면 무엇보다도 몇
가지 핵심 용어의 이해가 아리아드네의 실처럼 필수적이다.

그의 단언에 따르면 우선 '옛날'이 있었다. 그리고 '옛날 이
후'가 존재한다.

우선 '옛날'에 대하여 :

빅뱅 이론을 신봉하는 키냐르에 따르면 '옛날'은 우주의 시
초인 빅뱅, 즉 원초적 분출과 다름 없다. 우리가 부재했던 이
세계는 우리에게 끊임없는 그리움의 대상이다.

그리고 '옛날 이후'에 대하여 :

'옛날 이후'는 부모의 성교라는 문(門)을 통해 우리가 들어
서게 된 세계이다. 이 세계는 다시 '최초의 왕국(수태부터 출생
까지)'과 '마지막 왕국(출생에서 죽음까지)'으로 나뉘는데, 두
왕국 사이에 'infans(말 못 하는 존재)'의 시기가 통로처럼 존재

---

1) 키냐르와의 대담, 'Nos ancêtres les Francs', *Marianne*, oct, 2016.

한다. 음료와 입 사이에 끼어드는 빨대처럼 언어가 개입될 때까지 출생 후 18개월, 길게는 3~4년까지 지속되는 애매한 시기이다.

그런데 명료해 보이는 이러한 구분은 다시 키냐르 자신의 부언에 의해 다소 흐려진다. 가령 ① "최초의 왕국은 이 원초적 분출(옛날)과 연속성을 지닌다"라든가, ② "시간성이 없는 원초적 분출은 지금 이 순간에도 계속되고 있다"라는 말 때문에 그러하다.[2]

나는 개인적으로(주관적으로) ①이 옛날과의 직접적 '연속성'을 거론함으로써 키냐르 자신이 설정한 엄격한 구분을 슬그머니 허물고 있다고 생각한다. '최초의 왕국'이 자주 '옛날'과 헷갈리는 이유가 바로 경계의 느슨함 때문이다. 멀리서 보면 그 둘 모두가 그리움에 속하지 않는가?

②에 관해서도 나는 개인적으로(주관적으로) 계통 발생이 개체 발생에서 되풀이되듯 우주 차원에서의 빅뱅이 계절, 하루, 인간의 차원에서 지금도 계속되고 있다는 의미로 받아들인다.

우주 - 빅뱅

---

2) 키냐르와의 대담, 『떠도는 그림자들』, 231~32쪽.

계절 – 봄
하루 – 새벽
인간 – 부모의 성교(수태)

인간의 경우에 분출(부모의 성교)과 시작(수태)은 엄격히 구분되어야 한다. 우리가 볼 수 없었으며 앞으로도 볼 수 없는 이 원초적 장면은 '결여된 이미지'로서 우리의 기원에 공백으로 존재한다. 이 공백은 꿈속에 환영의 형태로 나타나서 우리에게 끊임없이 사랑의 매혹을 느끼게 한다. 부모의 성교 장면이 아니더라도 빈번하게 언급되는 성행위는 그것이 옛날과의 끊어진 연속성을 순간적으로나마 이어주기 때문이다. 나는 키냐르가 에로티시즘의 대가라고 생각한다. 다음 문장을 같이 읽어보고 싶다.

전나무는 구름을 향해 서슴없이 정수리를 밀어 올린다. 구름이 오고 떠돌다가 다가와서 나무에 걸린다. 갑자기 짓누른다. 그들은 믿을 만한 친구이며 분명 경이로운 연인이다. 구름을 가르며 드러난 전나무의 뾰족한 정수리, 몸통, 줄기, 껍질은 더욱 높아져서 구름의 신비로운 천을 붙잡아 쥐려고 한다. 그러자 구름이 습기로 나무를 에워싼다. 열정적으로, 아무튼 매우 빈번히, 몹시 반복적으로(71쪽).

남녀의 성행위는 마지막 왕국에서 옛날을 섬광처럼 솟구치게 할 수 있다. 옛날에 접속하는 방법으로는 독서, 글쓰기, 음악, 회화, 춤, 자연의 관조 같은 것들도 있다. 키냐르가 엄청난 독서가이며 숨을 쉬듯 글을 쓰는 작가인 이유이다. 작품들은 그로 인한 결과물이다. 『눈물들』은 더욱 기쁨이 가득한 책이라지 않는가!

그런데 기쁜 책의 제목이 '눈물들'인 이유가 나는 참으로 궁금했다.

Lacrimae rerum(만물의 눈물)

'눈물'은 무엇보다도 슬픈 감정으로 유발되는 생리적 현상과 관련된다는 생각에 갇혀 있으면 작가의 의중을 파악하기 어렵다. 나는 전전긍긍하던 차에 '키냐르 대담기사[3]'를 읽고서 눈이 뜨였다. 키냐르에게 '눈물'은 무엇보다도 기원과 관련된 거였다. 그러고 보니 이 책의 제8권(에덴에 관한 책) 6장에서 "눈물은 그곳('어머니들의 살점')에 고인다"는 대목의 의미가 명료해진다.

---

3) 키냐르와의 대담, `Nos ancêtres les Francs`, *Marianne*, oct, 2016.

"〔……〕 이 살점은 인간이 나타나기에 앞서 새들에게 있던 투명한 젖빛을 띤 제2의 눈꺼풀의 흔적이다."

제2의 눈꺼풀은 꿈의 꺼풀이었다.

이 꺼풀은, 안구가 보려는 노력을 기울일 때, 안구를 씻어내고 축축하게 적셔 대상을 파악하려는 욕망을 충족시켰다.

큰 까마귀의 자식들, 즉 사람들의 경우에 그것은 분홍빛 작은 포피가 될 정도로 오그라진 채 시선의 측면에 늘 붙어 있다. 마치 기원의 샘이 어린애의 아랫배에 숨겨져 있듯이.

눈물은 그곳에 고인다.

새에서 유래한 고대인들은 그것을 '어머니들의 살점'이라 불렀다(199쪽).

위 문장을 간추리자면,

'어머니들의 살점'과 '페니스'는 기원의 샘으로서 같은 것이다(어머니들의 살점=페니스).

시선 측면의 오그라진 분홍빛 작은 포피에 고여 흘러내리는 눈물, 그리고 아직은 어린애의 아랫배에 숨겨져 있지만 그곳에서 솟구치는 정액, 이 둘은 같은 것이다(눈물=정액). 키냐르는 곧이어 "쾌락을 느끼기와 눈물을 흘리기 사이의 구분은 가능한가?"(200쪽)라는 반어적 질문으로 이 점을 재차 확인한다.

눈물에 함유된 기원의 의미를 부각시키는 에피소드들도 심심치 않게 등장한다. 가령 샤먼 사르의 새파란 동공들이 절벽의 동굴에서 끝없이 흘러내려 솜 강이 생겼다거나(42쪽), 개구리들의 합창(음악)을 들으며 기원에 접속된 이들이 주저앉아 나지막하게 '엄마'를 부르며 눈시울을 적신다(16~17쪽)든가 등등.

하지만 이 책의 제목이 '눈물들'이 된 것은 결정적으로 베르길리우스의 『아이네이스』 제1권 462행에 나오는 시구(*Lacrimae rerum*) 때문이다. 이 시구에 가슴이 먹먹하도록 감동했던 키냐르는 애초에 책의 제목을 '만물의 눈물'이라고 할 작정이었다고 한다. '하늘에서 떨어지는 원자들은 만물의 눈물'(213쪽)이라는 이유에서다. 결국 제목은 '눈물들'로 짧아졌지만.

프랑스어의 탄생 ― 스트라스부르 조약

다음은 언어(프랑스어) 차원에서 일어나는 빅뱅의 순간을 그린 한 컷이다.

842년 2월 14일 금요일, 아침 끝자락, 추위 속에서 그들의 입술 위로 기이한 안개가 피어오른다.

이 안개를 프랑스어라 부른다.

니타르는 최초로 프랑스어를 문자로 기록한다(140쪽).

이 책의 정수를 오롯이 담고 있는 위 문단은 841년 퐁트누아 전투에서 승리를 거둔 분리파의 두 군대가 842년 2월 14일 스트라스부르에서 만나 상호 평화협정 및 로테르에 대적하는 상호 동맹조약을 체결하는 순간의 장면이다. 그 배경을 요약하자면 이러하다.

샤를마뉴 대제의 아들인 경건왕 루이(778?~840)에게는 아들이 셋 있었다. 그들 중 장남 로테르(795~855)는 황제의 칭호와 제국의 중부지방을 물려받았고, 차남 페팽(797~838)은 아키텐을, 삼남 독일왕 루이(806~876)는 바이에른을 상속받았다. 그 후 뒤늦게 막내아들 대머리왕 샤를(823~877)이 태어나자 아들은 넷이 된다. 대머리라는 별명은 아무것도 물려받은 게 없다는 뜻에서 붙은 별명이다. 838년 페팽이 죽고, 840년 경건왕 루이가 죽자 남은 세 아들은 상속문제로 반목한다. 삼파전이던 내전의 양상은 '1 : 2'로 양분된다. 즉 로마적 전통에 따라 제국의 통일적 계승을 주장하는 로테르에 대항하여 프랑크적 전통에 따라 제국의 대등한 분할을 요구하며 힘을 합친 루이와 샤를이 841년 퐁트누아 전투에서 맞붙는다. 분리파의 승리로 마무린 된 내전은 842년 분리파의 두 군대가 스트라스부르에서 조약을 체결하고, 이듬해 843년 8월 '베르됭 조약'으로 영토가 분할됨으로써 완결된다.

다시 842년 2월 14일 금요일 아침으로 돌아오자.

'스트라스부르 조약'의 내용은 라틴어, 독일어와 더불어 동일하게 프랑스어로 기록된다. 그 순간 "프랑스어는 갓난애가 어머니의 성기에서 나오듯 라틴어에서 나온다"(175쪽). 기적 같은 이 순간을 작가는 감격스러운 어조로 이렇게 기술하고 있다.

상징적인 것이 꿈틀대는 순간을 인지하는 사회란 거의 없다. 자신들의 언어가 태어난 날짜, 상황, 장소, 일기(日氣).

기원의 우연.

숫자들을 관찰할 수 있다는 것, **문자로 변환**되는 광기 어린 순간을 지켜보는 것, 이것은 기적에 속한다. 우리는 새로운 상징계가 발생해서 단번에 확립되는 동요를 목도한다(140~41쪽).

'프랑스어의 출생 증명'을 기록하는 것은 당시의 궁정 사관 니타르이다. 그는 또한 프랑스어를 처음으로 문자로 기록하던 날 "얼어붙은 땅에는 눈이 펑펑 쏟아졌다"(143쪽)라고 밝히고 있다. 우주의 빅뱅을 목도한 이 아무도 없으나 그것은 필시 천자만홍(千紫萬紅)의 장관이었으리라. 언어(프랑스어)의 원초적 분출이 일어나는 순간 우주 공간으로 원자들(만물의 눈물)이 떨어져 내리듯 하늘에서 눈이 펑펑 쏟아져 내린 것은 정말 우연이었을까?

니타르와 아르트니

프랑스어의 탄생이 구슬이라면 그것을 꿰는 실은 니타르와 아르트니(그의 쌍둥이 형)의 이야기이다. 다시 말해 이 작품은 프랑스어의 빅뱅과 니타르 형제의 이야기가 씨줄과 날줄처럼 직조된 작품이다.

프랑스어를 최초로 기록한 니타르는 실존 인물이다. 아르트니 역시 실재했던 인물이지만, 이름은 물론이고 과연 니타르와 쌍둥이인지, 형인지 동생인지조차 그에 관한 정보는 전혀 알 수가 없다. 사료에 남은 짧은 흔적—니타르에게 남자 형제frère가 있었다—이 전부이기 때문이다. 하지만 이 지점에서 키냐르는 영감을 받는다. 그리고 두 형제에 대한 삶의 궤적을 그려나간다. 그것도 키냐르 자신에 관한 삶의 궤적과 동일하게.

사실 두 형제는 이중의 얽힘 장치(일란성 쌍둥이/Nitard와

256

Artnid라는 철자 배열만 다른 같은 이름)로 묶여 있다. 아마도 애초에 한 인물(하나의 영혼)로 설정하려고 저자가 의도한 것은 아닐까? 그렇다 하더라도 얼핏 한 영혼에 내재된 상반된 양면, 극단의 두 성향으로 보아서는 안 될 것이다. 왜냐하면 노자와 장자를 스승으로 섬기는[4] 키냐르는 우리의 내면에 제어해야 할 상반된 또 하나의 자아가 있다고 생각하지 않기 때문이다. 그에게 우리의 과제는 오히려 마음에 들어찬 일체의 짐들을 버리는 데 있다. 자신을 규정짓는 역할이나 의무, 부모와 가족의 기대, 남들의 욕망 같은 것들을 내려놓을 뿐 아니라, 그로 인한 죄책감마저 완전히 사라질 때 비로소 '비워진 본연의 마음'으로 돌아온다고 믿는다. 마치 불법이나 도가의 설법을 듣는 것 같지 않은가!

서둘러 결론부터 말하자면, 니타르와 아르트니는 한 인물, 즉 키냐르 자신이다. 궁정 사관인 니타르는 작가 키냐르의 분신이며, 일체를 버리고 방랑하는 아르트니는 도가적 '비움'의 철학을 지향하는 키냐르의 표상이다.

죽음을 앞둔 아르트니가 자신이 잘못 살아온 것은 아닌지 반문하며 자책에 빠지는 대목에 대해서도, 키냐르는 아르트

---

4) 파스칼 키냐르 서면 인터뷰 「글의 침묵 속에서」, 『악스트*Axt*』(2016.3.4) 112쪽.

니가 삶을 낭비한 게 아니라 일종의 야생적 금욕으로 자신을 비워낸 결과라고 말한다.[5] 번민조차도 비워낸 마음의 자유에서 비롯되었다고 보는 듯하다.

자연의 관조 그리고 도가 사상

마지막 왕국에서 옛날에 접속하는 방법으로 독서, 글쓰기, 음악, 회화, 춤, 자연의 관조 같은 것들이 있다고 위에서 말한 바 있다. 그중에서도 '자연의 관조'를 통해 몰아의 경지에 이르는 것이 가장 효과적이라고 키냐르는 이미 오래전(2003)에 단언했는데, 이번에는 유난히 자연의 관조로 깊이 빠져들고 있는 듯하다.

이 책에는 펼치자마자 원시림을 비롯한 야생의 숲이며 바다, 강은 물론이고 온갖 짐승들[6]이 우글거린다. 게다가 역사적 에피소드나 방랑기 외에도 신화, 전설, 꿈, 시적 단장(短章), 샤먼과 신선의 이야기들이 도처에 가득하다. 짐승들이 말

---

5) 키냐르와의 대담, "Nos ancêtres les Francs", *Marianne*, oct, 2016.
6) 실제 등장하는 것들과 언급되는 것들까지 합치면, 그야말로 부지기수이다. 말, 개구리, 고양이, 사냥개, 새(어치, 올빼미, 까마귀, 티티새, 독수리, 매, 황조롱이, 울새, 참새, 거위), 멧돼지, 사슴, 토끼, 곰, 사슴, 표범, 순록, 달팽이, 뱀, 호랑이, 늑대, 다람쥐, 갑오징어, 메뚜기…… 이쯤에서 그치려고 한다.

을 하고, 샤먼 사르의 나이가 천 살을 넘었다든가, 루키우스 수도사의 죽은 새끼 고양이가 티티새로 환생하고, 아르트니가 올빼미로 환생하며, 숲에 나무하러 갔던 수도사 루키우스가 아름다운 새소리에 잠시 귀를 기울였을 뿐인데 그새 300년이 흘렀다든가…… 하는, 어쩌면 우리에게는 그리 낯설지 않은 이야기들이다.

'자연의 관조'는 궁극적으로 도가 사상에서 말하는 무위자연(無爲自然), 자연과의 합일을 지향하는 것일 터이다. 이 책의 끝에서 그는 드디어 자연과 하나가 된 무아지경에 이른다. 그렇지 않고서야 어찌 올빼미가 아르트니의 환생인 것을 알아보며, 그와 밤새도록 이야기를 나눌 수 있겠는가?

　나는 덱체어에서 일어났다.
　나뭇가지 아래 발끝으로 섰다. 새가 날아와 내 손 위에 앉았다. 무게가 족히 4백 그램 정도 나갔다. 나는 새를 알아보았다. 바로 아르트니였다.
　새가 내 손 위에 있는 벌레를 먹고 나서 우리는 함께 이야기했다. 밤새도록 꽤 오랜 시간 담소를 나누었다. 거의 새벽녘이 되어서야 나는 집 안으로 들어왔다.(245~46쪽)

장황한 글을 마치기 전에 아직도 부언할 몇 가지가 남았다.

하나는 키냐르가 "한국의 독자들에게 이 책(『눈물들』)을 바치고 싶다"[7]라고 말했다는 사실이다. 2016년 초 잡지 『악스트 *Axt*』에서 키냐르와 서면 인터뷰를 진행할 때 그는 이 책을 집필 중이었고, "한국 독자들에게 한마디 해달라"는 『악스트』 측 요청에 그는 서슴없이 그렇게 답했다. 『눈물들』의 우리말 번역본은 그의 말에 대한 화답이다.

또 하나는 이 책에서는 고유명사(인명, 지명)가 세 언어(라틴어, 프랑스어, 독일어)로 마구 바뀌며 지칭되는 바람에 도무지 갈피를 잡기가 힘들다는 점이다. 샤를마뉴 대제는 샤를, 카를, 카롤루스, 샤를마뉴로, 파리는 뤼테스, 뤼테티아, 파리…… 이런 식이다. 세 언어가 혼재했던 시대적 상황을 고려할지라도 가독성을 위해 통일해야겠지만, 작가의 의도가 언어의 빅뱅을 보여주는 데 있지 않을까 싶어 일원화시키지 않았음을 밝힌다.

끝으로 이 지면을 빌려 나의 '키냐르 팀'에게 감사의 말을 전하고 싶다. 첫 번역본인 『은밀한 생』(2001)이 나온 지 18년이 되었다. 그만한 세월이 흐르는 동안 책임 편집을 담당해온 두 분—김은주(이근혜의 자리를 이어받은)와 정미용—이 있어 나는 외롭고 고된 작업을 놓아버리지 않을 수 있었다. 부디

---

7) 「글의 침묵 속에서」, 『악스트』, 122쪽.

앞으로도 몇 해만 함께 더 버텨주시라. Merci!

1948	4월 23일 프랑스 노르망디의 베르뇌유쉬르아브르 (외르)에서 출생했다. 음악가 집안 출신의 아버지와 언어학자 집안 출신의 어머니 사이에서 태어난 그는 자연스럽게 식탁에서 오가는 여러 언어(프랑스어, 독일어, 영어, 라틴어, 그리스어)를 습득하고, 여러 악기(피아노, 오르간, 비올라, 바이올린, 첼로)를 익히면서 자라난다.
1949	18개월 된 어린 키냐르는 여러 언어를 사용하는 집안 분위기에서 기인된 혼란 때문에 자폐증 증세를 보이며 언어습득과 먹기를 거부한다.
1950~58	이 기간을 르아브르에서 보낸다. 형제자매들과 전혀 어울리지 못하고 늘 외따로 지내기를 즐긴다.

1965	다시 한번 자폐증을 앓는다. 이를 계기로 작가로서의 소명을 깨닫는다.
1966	세브르 고등학교를 거쳐 낭테르 대학교에 진학한다. 레비나스의 지도 아래 '앙리 베르그송의 사상에 나타난 언어의 위상'이라는 제목의 논문을 계획하지만, 68혁명을 거치면서 대학교수가 되려는 꿈을 접고 논문을 포기한다.
1968	가업인 파이프오르간 주자가 되기로 마음먹는다. 아침에는 오르간을 연주하고 오후에는 모리스 세브의 「델리 Délie」에 관한 에세이를 쓴다. 원고를 갈리마르 출판사에 보내자 키냐르가 존경하는 작가 루이-르네 데포레가 답장을 보내온다. 그의 소개로 잡지 『레페메르 L'Ephémère』에 참여한다.
1969	결혼을 하고, 뱅센 대학교와 사회과학연구원EHESS에서 잠시 고대 프랑스어를 가르치며 첫 작품 『말더듬는 존재 L'être du balbutiement』를 출간한다. 이후, 확실한 시기는 알려진 바 없으나 아버지가 되면서 이혼한다.
1976	갈리마르 출판사에서 편집자, 원고 심사위원 일을 맡는다. 1989년에는 출간 도서 선정 심의위원으로 임명되고, 1990년에는 출판 실무책임자로 승

진하여 1994년까지 업무를 계속한다.

1980 『카루스*Carus*』로 '비평가 상'을 수상한다.

1985 『소론집*Petits traités*』으로 '문인협회 특별상'을 수
      상한다.

1987 『뷔르템베르크의 살롱*Le salon du Wurtemberg*』으로
      벨기에서 '주목할 만한 작품상'을 수상한다.

1987~92 '베르사유 바로크 음악센터'의 임원으로 활동한다.

1991 작품 전반에 대해 '프랑스 언어상'을 수상한다.
      소설『세상의 모든 아침*Tous les matins du monde*』을
      출간하고, 직접 시나리오로 각색하여 알랭 코르노
      감독과 함께 영화로 만든다. 소설과 영화 모두 대
      성공을 거둔다.

1992 조르디 사발과 더불어 '콩세르 데 나시옹*Concert
      des Nations*'을 주재한다. 미테랑 전 대통령과 함께
      '베르사유 바로크 페스티벌'을 창설하지만 1년밖
      에 지속하지 못한다.

1994 집필에만 열중하기 위해 일체의 모든 공직에서 사
      임하고 세상의 여백으로 물러나 은둔자가 된다.
      그의 나이 46세이다.

1996 갑작스러운 출혈로 응급실에 실려 갔다가 죽음의
      문턱에서 가까스로 귀환한다. 이 경험을 전환점으

로 그의 글쓰기가 크게 변화한다. 건강이 회복되자 일본과 중국을 여행한다. 특히 장자의 고향인 허난성 방문의 기억과 도가 사상의 영향이 집필 중이던 『은밀한 생Vie secrète』에 반영된다.

1998   새로운 글쓰기의 첫 결과물인 『은밀한 생』이 출간되고, '문인협회 춘계 대상'을 받는다.

2000   『로마의 테라스Terrasse à Rome』가 출간되고, 이 소설로 '아카데미 프랑세즈 소설 대상'과 '모나코의 피에르 국왕상'을 동시에 수상한다.

이후 1년 6개월간 심한 쇠약 증세에 시달리면서, 연작으로 기획된 '마지막 왕국Dernier royaume' 시리즈의 집필에 들어간다.

2001   부친이 별세한다. 아버지에게서 물려받은 성(姓, 사회에 편입된 존재의 표지)으로 인한 부담과 아버지의 기대 어린 시선에서 풀려나 자신이 자유로워졌다고 느낀다.

2002   '마지막 왕국 시리즈'의 제1·2·3권에 해당하는 『떠도는 그림자들Les ombres errantes』『옛날에 대하여Sur le jadis』『심연들Abîmes』을 동시에 출간하고, '공쿠르 상'을 수상한다.

2004   7월 10~17일까지 스리지라살Cerisy-la Salle에서

키냐르에 관한 첫번째 국제학술회의가 개최된다.

2006   『빌라 아말리아*Villa Amalia*』로 '장 지오노 상'을 수
        상한다.

2008   『빌라 아말리아』가 영화(브누아 자코 감독)로 만들
        어져 개봉되지만 흥행에 실패한다.

        『우리가 사랑했던 정원에서*Dans ce jardin qu'on aimait*』
        로 도빌 시의 '책과 음악상'을 수상한다.

2014   7월 9~16일까지 스리지라살에서 키냐르에 관한
        두번째 국제학술회의가 열린다. 정확하게 10년 만
        이다.

2017   『눈물들*Les Larmes*』로 '앙드레 지드 상'을 수상한다.

Petits traités, tomes I à VIII(Adrien Maeght, 1990).

Dernier royaume, tomes I à X :

Les ombres errantes, Dernier royaume I(Grasset, 2002)

　　　　　『떠도는 그림자들』, 송의경 옮김(문학과지성사, 2003).

Sur le jadis, Dernier royaume II(Grasset, 2002)

　　　　　『옛날에 대하여』, 송의경 옮김(문학과지성사, 2010).

Abîmes, Dernier royaume III(Grasset, 2002)

　　　　　『심연들』, 류재화 옮김(문학과지성사, 2010).

Les paradisiaques, Dernier royaume IV(Grasset, 2005).

Sordidissimes, Dernier royaume V(Grasset, 2005).

La barque silencieuse, Dernier royaume VI(Seuil, 2009).

Les désarçonnés, Dernier royaume VII(Grasset, 2012).

Vie secrète, Dernier royaume VIII(Gallimard, 1998)

　　　　『은밀한 생』, 송의경 옮김(문학과지성사, 2001).

Mourir de penser, Dernier royaume IX(Grasset, 2014).

L'enfant d'Ingolstadt, Dernier royaume X(Grasset, 2018).

L'être du balbutiement(Mercure de France, 1969).

Alexandra de Lycophron(Mercure de France, 1971).

La parole de la Délie(Mercure de France, 1974).

Michel Deguy(Seghers, 1975).

Écho, suivi d'Épistole d'Alexandroy(Le Collet de Buffle, 1975).

Sang(Orange Export Ldt., 1976).

Le lecteur(Gallimard, 1976).

Hiems(Orange Export Ldt., 1977).

Sarx(Maeght, 1977).

Les mots de la terre, de la peur, et du sol(Clivages, 1978).

Inter Aerias Fagos(Orange Export Ldt., 1979).

Sur le défaut de terre(Clivages, 1979).

Carus(Gallimard, 1979).

Le secret du domaine(Éd. de l'Amitié, 1980).

Les tablettes de buis d'Apronenia Avitia(Gallimard, 1984).

Le vœu de silence(Fata Morgana, 1985).

Une gêne technique à l'égard des fragments(Fata Morgana, 1986).

Ethelrude et Wolframm(Claude Blaizot, 1986).

Le salon du Wurtemberg(Gallimard, 1986).

La leçon de musique(Hachette, 1987).

Les escaliers de Chambord(Gallimard, 1989).

Albucius(P. O. L, 1990).

Kong Souen-long, sur le doigt qui montre cela(Michel Chandeigne, 1990).

La raison(Le Promeneur, 1990).

Georges de la tour(Éd. Flohic, 1991).

Tous les matins du monde(Gallimard, 1991)

『세상의 모든 아침』, 류재화 옮김(문학과지성사, 2013).

La frontière(Éd. Chandeigne, 1992).

Le nom sur le bout de la langue(P. O. L, 1993).

『혀끝에서 맴도는 이름』, 송의경 옮김(문학과지성사, 2005).

L'occupation américaine(Seuil, 1994).

Les septante(Patrice Trigano, 1994).

L'amour conjugal(Patrice Trigano, 1994).

Le sexe et l'effroi(Gallimard, 1994)

『섹스와 공포』, 송의경 옮김(문학과지성사, 2007).

La nuit et le silence(Éd. Flohic, 1995).

Rhétorique spéculative(Calmann-Lévy, 1995).

La haine de la musique(Calmann-Lévy, 1996)

　　『음악 혐오』, 김유진 옮김(프란츠, 2017).

Terrasse à Rome(Gallimard, 2000)

　　『로마의 테라스』, 송의경 옮김(문학과지성사, 2002).

Pascal Quignard, le solitaire, avec Chantal Lapeyre

　　Desmaison(Flohic, 2001).

Tondo, avec Pierre Skira(Flammarion, 2002).

Inter Aerias Fagos, avec Valerio Adami(Galilée, 2005).

Écrits de l'éphémère(Galilée, 2005).

Pour trouver les enfers(Galilée, 2005).

Villa Amalia(Gallimard, 2006)

　　『빌라 아말리아』, 송의경 옮김(문학과지성사, 2012).

L'enfant au visage couleur de la mort(Galilée, 2006).

Triomphe du temps(Galilée, 2006).

Requiem, avec Leonardo Cremonini(Galilée, 2006).

Le petit Cupidon(Galilée, 2006).

Ethelrude et Wolframm(Galilée, 2006).

Quartier de la transportation, avec Jean-Paul Marcheschi(Éd. du

Rouergue, 2006).

Cécile Reims grave Hans Bellmer(Cercle d'art, 2006).

La nuit sexuelle(Flammarion, 2007).

Boutès(Galilée, 2008)

『부테스』, 송의경 옮김(문학과지성사, 2017).

Lycophron et Zétès(Gallimard, 2010).

Medea(Éditions Ritournelles, 2011).

Les solidarité mystérieuses(Gallimard, 2011)

『신비한 결속』, 송의경 옮김(문학과지성사, 2015).

Sur le désir de se jeter à l'eau, avec Irène Fenoglio(Presses
Sorbonne Nouvelle, collection Archives, 2011).

L'origine de la danse(Galilée, 2013).

Leçons de solfège et de piano(Arléa, 2013).

La suite des chats et des ânes, avec Mireille Calle-Gruber(Presses
Sorbonne nouvelle, collection Archives, 2013).

Sur l'image qui manque à nos jours(Arléa, 2014).

Critique du jugement(Galilée, 2015).

Princesse vieille reine, Cinq contes(Galilée, 2015).

Le Chant du Marais(Chandeigne, 2016).

Les Larmes(Grasset, 2016)

『눈물들』, 송의경 옮김(문학과지성사, 2019).

Dans ce jardin qu'on aimait (Grasset, 2017).

Une journée de bonheur (Arléa-Poche, 2017).

Performances de ténèbres (Galilée, 2017).

Angoisse et beauté, par Pascal Quignard et Vestiges de l'amour,

images de François de Coninck (Seuil, 2018).

La vie n'est pas une biographie (Galilée, 2019).